目次

理不尽なり

はぐれ又兵衛例繰控【六】

海月侍

一

手柄も出世も望んだことはない。

座右の銘を誰かに聞かれて頭に浮かぶのは「君子危うきに近寄らず」とか「触らぬ神に祟りなし」だのといった後ろ向きの教えばかりだ。

平手又兵衛は齢三十九、歴とした南町奉行所の例繰方与力である。にもかかわらず、知行取りの役人が当然のように抱く望みを持っていない。むっつりとした面構えや取っつきにくい性分とも相まって、奉行所内では誰とも反りが合わず、上の連中からは皮肉交じりに「はぐれ又兵衛」などと呼ばれていた。

それにしても、暑い。

今日は水無月五日、梅雨明けから雨は一滴も降っておらず、かんかん照りの日々が十日余りもつづいている。

御用部屋の同心たちは身じろぎもせずに正座し、朝から各々の小机に向かっていた。ただし、来し方の類例を調べようとする者はひとりもいない。深海に潜む魚のように目を開けたまま、居眠りをしているのだ。

「器用なものだな」

又兵衛はつぶやき、上から命じられた吟味物の類例を整理しはじめた。

といっても、分厚い冊子が手許に積んであるわけではない。幕初より集められた七千余りの類例をひとつ残らず頭に記憶しており、門外不出の御定書百箇条なども一言一句違わずに諳んじられる。

それゆえ、適切な類例を記憶の底から探りだし、紙に書き写すだけでよいのだが、上役連中から字引代わりに使われても迷惑ゆえ、秀でた能力はなるべく表に出さぬように気をつけていた。

背筋を伸ばして筆を走らせるすがたは写経の坊主といっしょで、時折、堅苦しい文言のなかに川柳が紛れこむ。

「小机を睨んで眠る茹で蛙、か。ふうむ、今ひとつだな」

歌詠みはささやかな趣味のひとつだが、いっこうに上達しない。

へぼ句を書きつけた紙はくしゃくしゃにせず、きちんと角を合わせて整えた。

角が揃っておらねば我慢できぬ性分は生来のもの、硯や筆もあるべきところにないと落ちつかない。傍からみれば掃除や片付けばかりしている変わり者にみえるかもしれぬが、誰にどうおもわれようと気にはならない。

「歌詠みの連にも、しばらく顔を出しておらぬな」

ひとりごち、ほっと溜息を吐いたところへ、部屋頭の中村角馬から声が掛かった。

「平手、ちと頼まれてくれ」

「はあ、何でござりましょう」

三つ年上の中村は小心者だが、又兵衛にだけは偉そうにする。

「同心をふたり連れて、今から日本橋へ足労せよ」

「えっ、今からにござりますか」

朽ちかけていた橋の架け替えがようやく終わり、長寿の奇特者たちを招いた渡り初めの行事が催される。見物人で黒山の人集りができようから、各掛かりから人止めの手伝いを出すようにと、年番方から命じられていたらしい。

「うっかり失念しておった。どうせ、暇を託っておるのであろう」

探るような眼差しで睨まれ、又兵衛は目を逸らす。

この糞暑いなか、日本橋まで足労するのは面倒だが、拒むわけにもいかない。

「されば、同心二名をお選びください」

「連れていくおぬしが選べ」

配下の恨みを買いたくないのか、中村は面倒事を何でも押しつけてくる。

仕方ないので、いろはの順で苗字が一番目の稲毛と二番目の稲森を選ぶと、平目顔のよく似たふたりはあからさまに嫌な顔をしてみせた。

中村は目を伏せ、唐突に書き物をしはじめる。

又兵衛は腰の重い同心どもをしたがえ、追いたてられるように御用部屋を退出せねばならなかった。

大小を腰帯に差し、檜の匂いを嗅ぎながら式台の外へ向かう。

青い伊豆石の敷かれた六尺幅の通路が暑さのせいか歪んでみえ、威厳のある黒い渋塗りの長屋門も遠くで陽炎のように揺れている。

気を取りなおして大股で進み、向かって左手の小門を潜れば、門前に並んだ水茶屋の「氷」と白抜きにされた涼しげな暖簾が目に飛びこんできた。いつもなら、小者の甚太郎が「お出掛けですかい」などと軽い調子で喋りかけてくるのだが、見世の奥に引っこんだきり顔を出そうともしない。

ともかくも数寄屋橋を渡って濠沿いを歩き、京橋川に架かる比丘尼橋も渡って、さらに濠沿いの道を進む。水のそばを歩けば少しは涼しかろうとおもったが、甘い考えだとすぐにわかった。

同心ふたりは汗みずくになり、げっそりした面で従いてくる。重い足取りで何町か歩くと、前方に呉服橋がみえてきた。御門内にある北町奉行所の連中が羨ましい。呉服橋を渡れば、日本橋は目と鼻のさきにあるからだ。

どうにか日本橋の南詰めまでやってくると、すでに大勢の見物人が集まっている。

内勤の与力は見当たらず、手伝いに駆りだされたのは同心たちだけのようだ。

土手の片隅に、萱草の花が咲いていた。

眺めるだけで憂いを取り去ってくれるらしいが、ただの迷信であろう。

じっとしているだけでも、額に汗が噴きだしてくる。

朔日は加賀藩恒例の氷室開き、公方家斉には氷が献上された。氷を細かく砕いて呑み干せば、どれだけ気分のよいことか。歌詠みの連ではこのところ、しきりに幽霊噺が披露されるという。背筋がぞわりとすれば暑さもしのげようとの意図らしいが、効果はそれほど期待できそうにない。

「平手さま、ちと驚いたことがございます」

同心のひとりが喋りかけてきた。

「ん、どうした、稲毛」

「稲森にござる」

「お、すまぬ」

稲森が一寸書きを眺めながら言うには、渡り初めに選ばれた奇特者がとんでもなく高齢の年寄りばかりなのだという。

「最年長の左兵衛が齢百四十二、女房のさなが百三十九、倅の清蔵が百二十二で女房のさきが百十九、孫の清兵衛が九十五で女房のふじが八十九、曾孫の清吉が七十三で女房のさちが六十八、玄孫の清右衛門が四十一で女房のさりが三十九」

奇特者たちはどうやら、三州屋という廻船問屋を営む商家の縁者たちらしい。

「たしかに、驚くべき長寿の家系だな」

感心したそばから、わっと歓声が湧きあがる。

奇特な長寿者たちが、橋向こうの北詰めに集まってきたのだ。

遠目からでも一目瞭然、いずれも皺くちゃで背中の曲がった年寄りの男女である。

橋の南北に分かれた見物人たちは、長寿のご利益を得ようとでもするかのように幾重にも人垣を築いていった。手伝いに駆りだされた内勤の役人たちは勝手がわからず、定橋掛の与力や同心に指図されながら、人垣の手前を右往左往するしかない。

濡れ鴉色の紋付袴を纏った後見役の幕臣も、この日のために選ばれたのか、皺顔の老爺であった。

「あちらは元勘定奉行の楠本但馬守さま、御年八十六歳であられるとか」

物知り顔で囁くのは稲毛か稲森か、似たような顔なので判別がつかない。

北詰めには馴染みの薄い川役人や橋大工の面々も雁首を揃えていた。我先に橋を渡ろうとする不届き者を必死に追いかけているのは、廻り方の同心たちであろうか。

「何をしておる、早う捕まえよ」

大声で怒鳴り散らすのは、催しを仕切る定橋掛与力にちがいない。

名は赤間主水之介、又兵衛より十近くも年上で、擦れちがいざまに「役立たずの穀潰しめ」と、悪態を吐かれたことがあった。

もちろん、関わりたくない男のひとりだ。以前は花形の吟味方与力であったが、みずからの詮議で遠島にした盗人の女房と懇ろになり、周囲の顰蹙を買ったあげく、格下の定橋掛に移された。荒々しい気性の持ち主だが、上に媚びへつらう術だけは心得ている。腹も切らずに役目替えで済んだのは、上役に金でも摑ませたおかげだろうと、当時は噂されていた。

ともあれ、赤く膨れた鮹面は一度目にすれば忘れられない。

赤間は台のうえに立ち、ざわめく見物人たちを黙らせた。

「されば皆の衆、今より渡り初めの儀をはじめる。三州屋清右衛門、これへ」

招かれた廻船問屋の五代目が、よく陽に焼けた顔で颯爽と登場した。

後ろにぞろぞろつづくのは、初代から四代目までの元主人と女房たちだ。

「みてのとおり、三州屋は初代から五代目まで生きながらえておる。世にも稀なる長寿の家系ゆえ、めでたい渡り初めにふさわしい」

黒紋付を羽織った老人たちが、初代の夫婦から順に杖を突きながら、よたよた橋を渡りはじめる。

又兵衛たちは南詰めで人垣の前列に立ち、固唾を呑んで見守った。

何せ、これだけの暑さだ。途中で気を失っても不思議ではない。

老いた一行が橋のなかほどまで差しかかったときであった。

「ありゃ偽物だ。みんな赤の他人だぞ」

などと叫びながら、北詰めの人垣から男がひとり飛びだしてきた。

尻をからげて老人たちを追い越し、こちらの南詰めに駆けてくる。

赭ら顔の酔っぱらいだった。すぐさま人足風の若い連中が追いすがり、乱暴に突き転がして北詰めに運んでいった。

「あの連中、青鷺の与次郎に雇われた人足どもですな」

稲毛か稲森が説いてくれた。青鷺の与次郎は人足の手配を生業にしており、荷船から通行税を徴収する川船改役の手下でもあるという。

「おぬしら、外の事情に詳しいな」

褒めてやると、ふたりは照れたように笑う。

やがて、老人たちは無事に橋を渡りきった。

儀式が終われば、見物人たちも通行を許される。

又兵衛は押すな押すなの賑わいに辟易としつつも、真新しい橋を渡りたい衝動に駆られた。

「ご苦労さまにござります」

後ろから声を掛けてきたのは、平目顔の同心たちではない。

縦(たて)も横もある大柄な男が、のっそり近づいてくる。

「定橋掛の川端源内(かわばたげんない)と申します」

はじめてみる顔だ。齢(とし)は四十前後、中堅どころの同心であろう。

「もしや、例繰方の平手さまであられましょうか」

「ふむ、そうだが」

「以前、お父上からお世話になったことがござります。お顔がよう似ておられたので、つい」

声を掛けたらしい。

詳しい経緯を聞こうとすると、川端は遮(さえぎ)るようにお辞儀をする。

「されば、失礼つかまつる」

こちらに背を向け、そそくさといなくなってしまった。

「めずらしいこともあるものです」

すかさず囁きかけてきたのは、稲毛か稲森のどちらかだろう。

「あの川端源内、生きているのか死んでいるのかもわからず、ふわふわと海面を漂っているかのごとき同心ゆえ、海月(くらげ)と呼ばれておりましてな」

同心仲間に「海月」と小莫迦(こばか)にされる川端が自分から与力にはなしかけること

など、万にひとつもあり得ない。そうおもっていただけに、たいそう驚かされたらしかった。

「ふうん」

もしかしたら、誰とも相容れぬ自分と同じ匂いを感じとったのであろうか。

それにしても、十一年前に亡くなった父とどういう関わりがあったのか、気にならぬといえば嘘になる。

川端を目で捜すと、北詰めのほうに移っていた。

失態でもあったのか、上役の赤間にこっぴどく叱られている。

助けてやりたいともおもったが、そんな気持ちはすぐに失せた。見も知らぬ同心を助けてやるほどお人好しではないし、性悪な赤間と関われば嫌な気持ちにさせられるのがわかっているからだ。

木の香りのする日本橋から西方を仰げば、白々と煌めく千代田城の遥か向こうに霊峰富士をのぞむことができる。

御城と富士の重なる絶景を眺めても、喉の渇きを癒やすのは難しい。

この暑さ、いつまでつづくのだろうか。

又兵衛は流れる汗を拭きながら、今も橋のそばに佇む奇特なご長寿たちが炎天下で命を縮めぬことを祈った。

二

翌朝、又兵衛は霊岸島の『鶴之湯』で義父の主税に叱られた。

「長寿長寿とありがたがるのも、たいがいにしておけ。干涸らびたよぼの爺になってまで、生きながらえたくもないわ」

主税は妻や娘の顔さえも時折忘れてしまう「まだら惚け」だが、飽きもせずによく喋るし、まともなことも口走る。

今からちょうど一年前、又兵衛は剣の師である小見川一心斎に紹介された静香を気に入り、所帯を持つことにした。いざ、八丁堀の屋敷に迎える当日となり、柄にもなく浮き浮きしながら待っていると、静香は何と死んだとばかりおもっていた双親を連れてきた。

「ま、これも運命とおもうて、快く受けいれよ」

と、一心斎は屁の足しにもならぬ台詞を吐いた。

そのときは師匠を小突いてやろうとおもったし、同居を拒むこともできたが、又兵衛は三人を受けいれた。亡くなった双親の代わりに、孝行のまねごとができるとおもったのかもしれぬ。

　都築主税は元小十人頭、家禄三千石の大身旗本であったが、拠所ない事情で改易とされた。落ちぶれた旗本だけあって、とんでもなく気位が高い。しかも、惚けのほうは相当に進んでいた。

　いっしょに暮らしてみると、面食らうことばかりだった。たとえば、銭湯に通う際などは、たいてい槍持ちの家来にさせられる。「どうして槍を持っておらぬ」と執拗に詰られ、言い訳に苦労するのだ。

　例繰方という地味な役目も気に入らぬようで、「不浄役人なら江戸じゅうを駆けずりまわって悪党をひとり残らず捕まえろ」と、やたらに叱咤激励する。「与力なら花形の吟味方になれ」と尻を叩かれても、できぬものはできぬと応じるしかなかった。

　それでも、今は同居してよかったとおもっている。毎日、飽きることがないからだ。

　番台に座る庄介には、掛けあい万歳をみているようでおもしろいと茶化される。

　その庄介にも、主税は食ってかかった。

「足軽の分際で、何故おぬしは高いところに座っておるのじゃ」

「ご隠居、そいつがあっしの役目なんですよ」

「物見か」

「まあ、そんなところで」

「敵の様子はどうじゃ」

「敵とは」

「ふざけておるのか、大坂城の豊臣(とよとみ)方に決まっておろう」

「するってえと、ご隠居は桃配山(ももくばりやま)に陣取(じんど)る徳川(とくがわ)方でいらっしゃる」

「莫迦者、桃配山は関ヶ原(せきがはら)であろうが。おぬし、首を刎(は)ねるぞ」

「ひぇっ」

似たような会話が毎朝交(か)わされるので、庄介の返しも馴(な)れたものだ。

「ところで、お聞きになりやしたかい。今朝早く、大川端(おおかわばた)の百本杭(ひゃっぽんぐい)に土左衛門(どざえもん)が浮かんだってはなし」

「いいや、知らぬ」

又兵衛が応じると、庄介は身を乗りだしてくる。

「ほとけは良治(りょうじ)っていう元博打打(ばくちう)ちでしてね、したたかに酔って川に嵌(は)まったことにされたんだが、噂じゃほとけの胸に刺し傷があったとか」

「ふうん」

「ふうんって、他人事ですか。平手の旦那も、十手持ちの端くれでござんしょう」

さすがに言いすぎたとおもったのか、庄介はぺろっと舌を出した。

何を言われようと、又兵衛はまったく動じない。

真っ裸で腰に片手を当て、柄杓に汲んだ水をごくごくと呑み干す。

主税はとみれば、鼻唄を唄いながら洗い場のほうへ向かっていた。

どうやら、もう一度からだを洗うつもりらしい。

庄介は番台から、さらに身を乗りだしてくる。

「昨日、日本橋の渡り初めがありましたでしょう。見物しに行ったんですがね、ご長寿たちが橋を渡っているちょうどそのとき、ひとりの酔っぱらいが『ありゃ偽物だ。みんな赤の他人だぞ』と喚きながら躍りでてきやがった。すぐさま強面の連中に連れていかれましたけど、じつはその酔っぱらいが良治だったんですよ」

ぴくっと、又兵衛の耳が動いた。

連れていかれた酔っぱらいのすがたが、鮮やかに甦ってきたのだ。

「大きな声じゃ言えませんけど、良治が橋のうえで叫んだことは嘘じゃなかったのかも。余計なことを口走ったせいで命を縮めたんじゃねえかって、ええ、そんなふうに囁く連中もおりましてね」

十手持ちの端くれなら、きちんと調べなおせと、遠回しに言われているような気もした。だが、調べるのは吟味方の役目、裏方の例繰方にそんな力はない。

「ま、無理でしょうけど」

庄介もあきらめたようで、わざとらしく溜息を吐いた。

洗い場のほうへ目を向けると、主税がいなくなっている。

湯船に浸かるべく、石榴口を潜ってしまったのだろう。

「この暑さで二度も湯に浸かったら、干涸らびてしまいますよ」

庄介の言うとおりだ。

又兵衛は急いで洗い場を通りすぎ、身を屈めて石榴口を潜りぬけた。

濛々と舞いあがる湯煙の向こうに、茹であがった鮹の頭がぽっかり浮かんでいる。

「義父上っ」

湯船に片足を突っこみ、月代に張りついた白髪交じりの髷をむんずと摑む。

引きあげられた主税は薄笑いで白目を剝いており、すでに昇天してしまったかのようだった。

「義父上、しっかりしてくだされ」

仰向けにして頬に平手打ちをくれると、ぷはあっと息を吹き返す。

後ろから庄介があらわれ、桶に汲んできた水をおもいきり顔にぶっかけた。

どうにか石榴口から外へ逃れると、主税はふらつく足取りで洗い場を通りすぎ、番台のほうへ向かう。

そして、真っ裸のまま番台へよじ登り、でんと座ってみせた。

「ほう、なかなかによい眺めではないか」

「くそっ、素っ裸で座りやがって」

「尻の穴までちゃんと洗ったぞ」

「おいおい、勘弁してくれ」

泣きを入れる庄介のことより、土左衛門でみつかった元博打打ちのことが頭から離れない。角を揃えて整理せねば気が済まぬ性分ゆえか、又兵衛は殺しの裏に潜む真相が知りたくなった。

三

数寄屋橋の町奉行所に出仕しても、百本杭に浮かんだ土左衛門のことを話題にする者はいなかった。

上役連中は暑さにめげており、廊下で擦れちがっても皮肉ひとつ言われない。ありがたいはなしだが、聞き慣れた「禄盗人」だの「役立たず」といった悪態を浴びぬと、肩透かしを喰らったような気分になった。

夕方でも日差しは強い。

役目を終えて奉行所の外に出ると、又兵衛は厳めしい長屋門に深々と一礼した。

――門に向きあう弱き者の気持ちを忘れるなよ。

出仕の初日、与力の先達だった父の又左衛門に真顔で諭された。爾来、十数年にわたって毎日欠かさず、黒い渋塗りの長屋門に一礼してから帰路をたどる習慣だけは守っている。

「旦那、鷭の旦那」

通りを隔てた水茶屋のほうから声が掛かった。

胡座を掻いた鼻の穴を膨らませているのは、お調子者の甚太郎である。

稀にもないことだが、又兵衛は怒り心頭に発すると、月代だけが鷭のように赤く染まった。その変貌ぶりを偶さか目にした甚太郎が敬意を込め、呼ばれて嬉しくもない綽名を付けたのだ。

そそっかしくて見栄っ張り、移り気なくせにお節介焼きで、何にでも首を突っこみたがる。江戸っ子気質を絵に描いたような甚太郎のかたわらには、ほっぺたの赤いおちよが丸盆を抱えて佇み、定町廻りの「でえご」こと桑山大悟が赤い毛氈に座って西瓜に齧りついている。

暖簾に掲げた「氷」は高価すぎるため、どうせ置いてはいないのだろう。

又兵衛は無視して、三人に背を向けた。

「待ってくだせえ、断売りの西瓜、旦那のぶんもござんすよ」

餌につられて踵を返し、往来を横切って大股で歩みよった。

毛氈に座ると、おちよがさっそく西瓜を持ってきてくれる。

「お、すまぬな」

ひんやりとした西瓜を手にしただけでも気持ちよい。

「ところで、おぬしら、所帯は持ったのか」

唐突な問いかけに、おちよは耳まで真っ赤に染め、小走りで奥へいなくなる。

甚太郎が目尻をさげた。

「嫌だなあ。これも暑さのせいでやんすか、旦那らしくもねえことを仰る」

「そうだな、余計なことを聞いてしまった」

「でもね、あっしも男だ。おちよのことは、年の瀬までにゃどうにかしようとおもっておりやす」

「そうか、ならよかった」

「嬉しいな、旦那のご祝儀が楽しみだ」

うなずきもせず、前歯を剝いて西瓜に齧りつく。

「ほら来たどっこい、西瓜祭りだ。景気よく、種をぺっぺと吐きだしてくだせえよ。ついでに、定橋掛の小汚ねえ連中の頭も、西瓜みてえにかち割ってやりてえもんだ」

甚太郎はわけのわからぬ捨て台詞を残し、奥へ引っこんでしまう。

隣をみれば、間抜けな定町廻りが甲虫のように西瓜の汁を啜っていた。

「でえごよ、甚太郎は何で怒っておるのだ」

「よくぞお尋ねくださいました。お聞きおよびかと存じますが、今朝ほど百本杭にほとけがひとり浮かびましてな。お役目ゆえ検屍に馳せ参じたところ、ほとけは早々に運び去られ、何と一刻（約二時間）ののちには荼毘に付されておりました」

検屍をおこなったのは定橋掛で、ほとけは足を滑らせて川に嵌まったものと断じられたらしい。

「それはおかしかろう。検屍は廻り方の役目ではないかと橋番所のほうへねじこんだところ、後ろに控えた横柄な与力から『がたがた抜かすな、役立たずの阿呆めが』と、凄まじい剣幕で叱られました」

「横柄な与力というのは」

「赤間主水之介さまにござります。ご存じですか」

「まあ、同じ与力ゆえ、知らぬでもない。それにしても、何かにつけて、なあなあで済ませようとするおぬしにしては、めずらしいことではないか」

「ほとけをみつけた番太郎によれば、胸に刃物の刺し傷があったそうで」

「あきらかな殺しにちがいない。にもかかわらず、それを隠すかのように定橋掛の連中が荼毘を急いだと、そんなふうに疑ったわけか。されど、放ってはおけない理由が何かほかにあるのだろう」

「さすが平手さま、わかりますか」

　当てずっぽうに言っただけだが、桑山は心底から驚いてみせる。

「いや、まいったな。じつは、ほとけになった良治を捕まえたことがありまして」

　三年前、野田賭博の罪で捕まえたのだという。本来なら江戸から追放になるところだったが、父親と妹に泣きの涙で懇願され、絆された桑山は恩情をみせてやったらしい。

「袖の下は貰っておりません」

父親は手渡そうとしたが頑なに断ったと、桑山は胸を張る。

もちろん、胸を張るようなことではない。不正を正す役人としてあたりまえのはなしだが、あり得ぬものの喩えを列挙した番付表には、四角い卵や晦日の月といっしょに、袖の下を貰わぬ同心もちゃんと載っている。

だが、桑山は金銭を受けとらなかった。嘘ではなかろう。動きは鈍いし、知恵もまわらぬが、肝心なことで嘘は吐かぬ。むしろ、馬鹿正直なだけが取り柄の男だ。それゆえ、気兼ねなくつきあえる唯一の廻り方でもあったが、ほかの連中と同様、一点の曇りもない清廉さなど持ちあわせていない。種を明かせば、おりょうという妹が縹緻好しだったので、つい格好をつけてしまったのだという。

「大目にみてやったのに、良治は改心せず、怒った父親の大吉に勘当されました」

しばらくは何処かにすがたをくらましていたが、このところは青鷺の与次郎の世話になっていたらしい。

「青鷺の与次郎か」

「河岸人足の手配を生業にしておりますが、裏では相当にあくどいことをやっている。そんな噂の絶えぬ男にございます。されど、川船改の息が掛かっているため、おいそれと手出しができませぬ」

良治を放っておいたのがまちがいだったのかもしれぬと、桑山はいつになく殊勝な態度でこぼす。

まさか、ほとけになるとはおもってもいなかったのだろう。

しかも、誰かに殺されたとなれば、捨て置けない気持ちになって当然だ。

「で、どうする気だ」

「わかりませぬ。平手さまのお知恵を拝借できまいかと、先刻からお待ち申しあげておりました」

「どうして、わしを頼る」

「迷うているからにございます。平手さまには、何度となく助けていただきました。手柄を譲っていただいたことも、一度や二度ではありませぬ。こうみえても、ご恩を感じておるのですよ。どなたもお認めにならぬでしょうが、いざとなれば、平手さまほど頼りになるお方はいない」

「買いかぶられても困るな」

「買いかぶってなどおりませぬ。お仲間がひとりもおらず、はぐれ又兵衛などと、上からも下からも小莫迦にされている。平手さまなら、与力同士の縄張り争いや悪党との腐れ縁を気になさることもありますまい」

「だから、知恵を貸せと申すのか」

みずからの信念にしたがって真相を暴くがよいと、ほんとうは強く背中を押してほしいのだろう。

「駄目ですか」

「はなしにならぬな」

「西瓜をおごりますよ」

「なおさら、はなしにならぬ」

きっぱりと断り、毛氈に小銭を置いて、よいしょっと尻を持ちあげる。

「あれ、お帰りで」

甚太郎とおちよも奥から顔を出した。

桑山は立ちあがり、荒い息を吐きながら喋りかけてくる。

「父親の大吉は、中気で半年前から寝たきりに。母親は早くに亡くなっており、遺された薬研堀の船宿は、妹のおりょうが切り盛りしております。細腕一本でがんばっている薄幸な娘を助けてやりたい。平手さま、これは親心なのでございます」

下心が透けてみえ、まったく胸に響いてこない。

又兵衛は憮然とした顔で見世を離れ、後ろもみずに歩きつづけた。

四

楓川の水面に、水鳥が浮かんでいる。

身を覆う羽毛は黒く、頭のてっぺんだけが赤い。

「きゃっ」

と、驚いた娘のように鳴いてみせる。

「鷭か」

又兵衛は月代を撫でまわし、八丁堀へ通じる弾正橋の手前で左手に折れた。

少しだけ歩いた常盤町の片隅に、金釘流の墨文字で案内の書かれた招木看板がみえてくる。

――鍼灸揉み療治　長元坊

幼馴染みの元破戒僧が営む療治所だ。

長元坊は隼の異称、鼠や小鳥を捕食するが、鷹狩りには使えない。人の意のままにならぬ猛禽の異称を気に入り、知りあいや患者にそう呼ばせている。長助という本名は好かぬらしく、家に居着いた三毛猫にくれてやった。

開けはなちの敷居をまたげば、いきなり、患者の悲鳴が聞こえてくる。

「ひやああ」

雪駄を脱いで板の間にあがると、三毛猫が足首にまとわりついてきた。

「長助、生きておったか」

腹が減っているのだろう。小生意気な猫だけに、それ以外に懐いてくる理由は浮かばない。

ひょいと顔を差しだすと、鉢頭の海坊主が上目遣いに睨みつけてくる。

「又か、ちょうどいいところに来た。こいつの足首を握ってくれ」

「ちっ」

仕方なく膝をつき、腹ばいになった患者の両足首を握ろうとする。

つるっと、滑った。

「ほらな、滑るだろう。こいつ、油売りなのさ」

暑さにやられたらしく、露地裏でばったり倒れていた。偶さか行きあった長元坊が担（かつ）ぎあげ、療治所まで運んできてやったらしい。

「皺くちゃの顔をみても、爺（じじい）か婆（ばばあ）か判別がつかねえ。でもな、こいつは歴とした爺だ。御年九十五なんだと。んなはなし信じられっかと言ったらな、日本橋の渡り初めで渡ったうちのひとりだと抜かしやがる。自分は孫の役で、親父の役をやった爺は百二十二、そのまた上の爺役は百四十二だったと抜かす。へへ、おおかた、この暑さで頭がいかれちまったんだろうよ」

長元坊は「ふん」と鼻を鳴らし、長太い鍼（はり）を萎（しな）びた腰の経絡（つぼ）に刺す。

「むぎょっ」

爺は締められた鶏（にわとり）のような声をあげ、手足をぴくぴく痙攣（けいれん）させた。

「ちょっと待てよ」

又兵衛は床に頬をつけ、爺の横顔をじっとみつめる。

なるほど、渡り初めをしていたご長寿のひとりに似ていなくもないが、面相（めんそう）だけではよくわからない。ただ、わかりやすい目印があった。頬に小豆大（あずきだい）の大きな黒子（ほくろ）をみつけたのだ。

「あっ、こいつは本物だぞ」

「えっ、渡り初めをやった爺さまだってのか」

「でもよ、こいつはご長寿の役をやらされた偽物だって白状したぜ。ということは、本物の偽物だってはなしじゃねえか」

「そうなるな」

「ややこしいはなしだぜ」

「まったくだ」

又兵衛が座りなおして考えこむと、爺もひょっこり身を起こした。

「鍼医者の先生、ここだけのはなしにしといてくれ。でねえと、殺られちまう」

「おいおい、聞き捨てならねえな。誰に殺られるってんだ」

「そいつは言えねえ。死んでも言えねえ」

「九十五まで生きたんなら、もういいんじゃねえのか」

「なるほど、そうかもな。って、冗談じゃねえ。おれは百四十まで生きてやるって決めたんだ。房総に帰えりゃ嬶ぁだっているし、曾孫だって玄孫だっている。おりゃまだ、死ぬわけにゃいかねえんだ」

「ああ、わかったよ。おめえのことは黙っといてやる。でもよ、渡り初めに選ばれた経緯だけは聞いておかねえとな」

長元坊に目配せされ、又兵衛は小さくうなずいた。

爺は押し黙る。考えているのか、眠っているのか、よくわからない。

「朝から晩まで天秤棒を担いでりゃ、肩も凝るだろうよ」

なるほど、右肩の一部が瘤のように盛りあがっている。

長元坊は身を寄せ、首の経絡に素早く鍼を刺した。

「うへっ」

「どうだ、悪い血を流してやったぜ、ちったあ楽になったろう。そういえば、爺さんの名を聞いていなかったな」

「清兵衛だ」

「そいつは、役の名じゃねえのか」

「役と同じ名の年寄りを探しているって、女衒のやつが言いやがった」

本名ならば、役人に聞かれてもまちがえぬからだという。

長元坊は清兵衛の首を揉みながら、やんわりと質した。

「房総の家に女衒が来たのか」

「半年前のことさ。若え娘にゃ目もくれず、腰の曲がった爺と婆を探しているって、女衒は妙なことを言うのさ。でもよ、金ぴかの小判を一枚床に置きやがった。

生まれてはじめてお目に掛かる代物でな、嬶ぁは腰を抜かしちまった」

「ふうん」

「腰を抜かさなきゃ、嬶ぁも連れてきたさ。何せ、おれよか年上だからな。真新しい日本橋をいっしょに渡れば、いつ逝っても惜しかねえ。そうだろう」

「ああ、爺さんの言うとおりだな」

「江戸に来てみたら、おれなんぞより凄え年寄りどもが集まっていやがった。上には上がいる。渡り初めに選ばれたと聞かされて、天にも昇る気持ちになったけどな、三州屋の三代目になれって言われて、はいそうですか、わかりましたとはならねえ。でもな、強面の連中に睨まれたら、抗っても仕方あんめえ。みんな同じ気持ちだったはずさ。仕方なく、他人様を騙くらかす片棒を担いだってはなしよ」

清兵衛の告白を信じれば、巷間の一部で囁かれていたとおり、三州屋は一族のご長寿を偽物で固めていたことになる。表沙汰になれば極刑も免れぬ企みだ。危ない橋を渡ってでも手に入れたいものがあったのだろう。

それが何なのか、油売りの年寄りが知っているはずもない。

最後に、又兵衛は問うてみた。

「おぬしらが橋を渡っているとき、酔っぱらいがひとり飛びこんできたな」

「おお、いたいた。何か叫んでいやがった」

何を叫んだのか、聞こえていなかったらしい。酔っぱらいが土左衛門となって百本杭に浮かんだことも知らぬのだろう。もちろん、教える必要はない。

長元坊は笑いながら、清兵衛の肩をぴしゃっと叩いた。

「九十五とはおもえねえ、筋骨逞しい立派なからだじゃねえか。へへ、でえじにしねえとな」

「ご親切に何から何まで、ありがとさんでごぜえやす」

「今宵は何処か、あてでもあんのか。何なら、泊まっていってもいいんだぜ」

「宿がありやす。お気遣いはご無用で」

「もういっぺん倒れたら、誰かが助けてくれるとはかぎらねえ。早々に房総へ帰えることだ」

「手持ちの油を売っちまったら帰えりやすよ。このご恩は一生忘れやせん」

「ああ、そうだ。あと四十年は、忘れずにいてもらわねえとな」

「ぬへへ、おもしれえ鍼医者だな」

「おめえこそ、おもしれえ年寄りだ。あばよ」

清兵衛は表口から外へ出ると、深々とお辞儀をしてみせる。

そして、薄闇に閉ざされた露地裏へ吸いこまれていった。

「行っちまったな」

長元坊は淋しげにこぼし、金網（かなあみ）のうえで川海老（かわえび）を焼きはじめる。さらに、丸ごと焼いた茄子（なす）の皮を取り、胡麻（ごま）と酢（す）と酒を擂りおろし生姜（しょうが）に混ぜて、茄子なますをこしらえた。

見掛けによらず、器用な男なのだ。

川海老の塩焼きと茹でた蚕豆（そらまめ）は平皿で、茄子なますは小鉢（こばち）に盛って出され、ついでに冷や酒のはいった二合半（こなから）もとんと置かれた。

「さあ、飲（や）ろうぜ」

筒茶碗（つつぢゃわん）にあおっきりで酒を注ぎあい、口先を寄せてぐいっと呑む。

「ぷはあ、うんめえ。さっきの爺さまも誘ってやりゃよかったな」

「それにしても驚いた。渡り初めのご長寿が油売りだったとはな」

「聞いちゃならねえはなしを聞いちまったってか。でもよ、どうせおめえは動かねえんだろう」

探るような目で覗（のぞ）かれ、又兵衛は膨れ面になった。

長元坊は川海老を差しだし、煽るようにからかう。

「おっと、やる気か。廻船問屋をしょっ引くのか」

「そっちも気になるが、引っかかるのは百本杭に浮かんだ土左衛門のほうさ」

又兵衛は桑山大悟から聞いた経緯を訥々と語った。

長元坊は途中から、擂り鉢で胡麻を擂りはじめる。さらには、山葵と信州味噌をくわえて擂り、敷き味噌をつくった。

「木の実と花鰹をくわえて混ぜ、丼にこうして豆腐を敷くのさ」

炊きあがった飯に熱湯をさっと掛け、水気をよく取ってから、敷き豆腐のうえに載せた。

「さあ、うずみ豆腐のできあがりだぜ」

出された丼を手に取り、中味をぜんぶ混ぜて口にかっこむ。

「美味いな」

「あたりめえだ。夏はうずみ豆腐さ」

又兵衛は途中で箸を措き、じっと考えこんだ。

長元坊は筒茶碗を呷り、ぷふうっと溜息を吐く。

「そんなに気になるんなら、今から行きゃいいじゃねえか」

殺された土左衛門のために線香のひとつもあげ、船宿を営む美人女将の顔を拝んでくればいいと、突きはなされる。

「そうするか」

酔いも手伝ってか、夜風に当たりたくなった。

足にまとわりつく長助を退け、又兵衛は夜の町に踏みだした。

五

霊岸島から箱崎を経由し、薬研堀へ舟で向かった。

船宿『みよし』は流れの疾い大川端に面しており、元柳橋の内寄りにある。

薬研堀と称するだけあって、堀内には薬種問屋が軒を並べていた。

もちろん、土手下の桟橋には何艘かの猪牙舟が繋がっている。

船宿の軒先には白張提灯がぶらさがり、表口には「忌」の紙が貼ってあった。

近づいてみると焼香の匂いも漂ってきたが、訪れる弔問客はひとりもいない。

いや、大川端のほうから三つの人影が近づいてきた。

一見すれば破落戸とわかる連中で、まんなかの男はやたらに首が長い。

「ひょっとすると、あいつは……」

又兵衛は物陰に隠れ、様子を窺うことにした。

三人は表戸を乱暴に引き開け、敷居をまたごうとする。

刹那、女の声が外まで聞こえてきた。

「ご焼香はお断りします。どうぞ、お引き取りを」

乾分らしきひとりが気色ばむ。

「おめえ、誰に口きいてるとおもってんだ。こちらは青鷺の与次郎さまだぜ」

「存じあげておりますよ。もとはといえば、おとっつぁんの手下でしたからね。それがどうしたわけか、川船人足の手配師に成りあがった。しかも、川船改の役人どもから重宝され、このあたりの河岸一帯を牛耳っている。見抜いているんだよ、兄さんを殺めたのは、あんたたちだってことをね」

「へへ、こいつはご挨拶だな」

与次郎が口をきいた。匕首を利かせた低い声だ。

「良治はな、川に嵌まって死んだのさ。誰かに殺られたとなりゃ、検屍しなさった町奉行所の旦那方も腹を切らなきゃならねえ。見立てちがいってことになるからな」

「定橋掛の連中にだって恨みはある。じつの妹なのに、ほとけを拝むことも許してもらえなかったんだからね」

「ふん、あいかわらず気丈な女だぜ。素直におれの言うことを聞いてりゃ、こんなことにならずに済んだかもしれねえのに」

「それはいったい、どういう意味だい」

「今からでも遅くはねえ。あのお方の妾(めかけ)になりな。そうすりゃ、今よか楽な暮らしができる。寝たきりの親父さんや、おめえのでえじながきのためにもなるんだぜ」

「帰っておくれ。あんたの顔なんざ、みたくもない」

「だからよ、そういうわけにゃいかねえんだ」

与次郎の合図で、乾分たちが踏みこんでいく。

「……な、何すんだい、やめとくれ」

ふたりの乾分に両腕を取られ、おりょうらしき女が外に連れだされてきた。

「今から、あのお方のところへ連れていく。閨(ねや)でひと晩過ごせば、あきらめもつくだろうさ」

「待って……ま、待っとくれ」

「がきは奥で寝てんのか。へへ、こっちで面倒はみといてやる。疾(と)うに乳離れも済んでいるはずだからな」

又兵衛は迷ったあげく、物陰から踏みだそうとした。

そこへ、大きな人影が気配もなく、のっそりあらわれた。

「うえっ」

仰け反ったのは、与次郎である。

対峙するのは、銀杏髷を結った黒羽織の同心だった。

「……く、海月」

さよう、海月と綽名される川端源内にほかならない。

「与次郎、そのへんにしておけ」

「……な、何であんたが」

「『みよし』の親爺さんにはそのむかし、たいそう世話になってなあ。可愛い一人娘だけが心配だって、いつもこぼしていたのさ。だから、おりょうに何かあったら、黙って見過ごすわけにはいかぬ」

「ふん、海月同心が格好つけんじゃねえ。与力の赤間さまに言いつけりゃ、あんたの首なんざ、あっという間に飛んじまうはずさ。それが嫌なら、すっこんでろ」

「ほう、そうきたか。なら、告げ口されぬように、今ここで黙らせるしかないな」

川端はぐっと腰を落とし、刀の柄に手を添えた。

凄まじい気迫に圧され、与次郎たちは後退る。

「……く、くそっ、おぼえてやがれ」

捨て台詞を吐き、三人は尻をみせて逃げた。

力の抜けたおりょうは、へなへなと頽れる。

川端は手も差しのべず、くるっと踵を返した。

「旦那、お待ちくださいな。そのまま行ってしまいになるんですか。莫迦な兄さんのために、線香のひとつもあげていってくださいな」

振りむきもせず、川端は背中でこたえた。

「おぬしもわかっているはずだ。わしは『みよし』の敷居をまたぐことができぬ」

悲しげに漏らし、のんびりと歩きだす。

おりょうは止めず、項垂れるしかない。

ふたりはいったい、どういう関わりなのだろうか。

又兵衛は首を捻り、船宿の表戸が閉まるのを待って、そっと物陰から離れた。

元柳橋の南詰めまで小走りにやってくると、橋向こうの両国広小路へ向かう人影がみえた。

橋を渡って少し迷ったものの、川端の背中を追いかける。

広小路を突っ切った柳橋の手前で、どうにか追いついた。

まだ宵の口ゆえ、床見世や屋台の灯りは点いており、行き交う人影もちらほら見受けられる。

川端は足を止め、ゆっくり振りかえった。

又兵衛のすがたを目に留め、驚いた顔をしてみせる。

「平手さまでしたか」

「ふむ、ちと見掛けたものでな」

「どちらで、見掛けたのですか」

嘘を吐いても詮無いので、正直にこたえた。

「薬研堀の『みよし』に行ったのだ。そうするつもりはなかったが、破落戸どもとの揉め事を物陰から窺っておった」

「なるほど、焼香をしそびれたと」

「おぬしといっしょさ」

「いいえ、ちがいますな。それがしは最初から、焼香などする気はなかった」

「何か深い事情がありそうだな」

「平手さまにおはなしするようなことはございませんよ」

「渡り初めのとき、父から世話になったと申したであろう。何があったのか聞きそびれたゆえ、気になっておったのだ」

「格別な因縁があったわけではござらぬ。一度だけ、日本橋のうえで声を掛けていただきました。おそらく、お父上は気にも留められなかったに相違ない」

どんなことばを掛けられたのか、はなしたくないのであろう。無理にでも聞いておきたかったが、又兵衛はぐっと堪えた。

川端が厳しい眼差しを向けてくる。

「こちらからもひとつ、お尋ねしてよろしいですか」

「ふむ」

「何故、焼香に出向かれたので」

「良治という元博打打ちの死に疑いを持った。殺しではないかとな。しかも、検屍をやった定橋掛が絡んでおるとすれば、捨て置くわけにはいかぬ。裏に隠れた真相を知りたくなり、妹が切り盛りしている船宿へ出向いたといったところか」

「裏に隠れた真相を知って、どうなさるおつもりで。吟味方でもない平手さまに、良治殺しの証しを立てるお力がおありなのですか」

「力はない。ただ、真相が知りたいだけだ」

「お知りになりたいという理由だけならば、余計なことに首を突っこまぬほうがよろしいかと」

「ほう、それは海月侍の忠告か」

「そう受けとっていただいてもけっこうです」

頑(がん)とした意思の強さを感じさせる眸子(まなこ)で言い、川端は丁寧(ていねい)にお辞儀をする。

柳橋のほうへ遠ざかる背中を追いかける気はない。

川端は真相を知っているにもかかわらず、すべてを呑みこんで表沙汰にしないつもりなのだろうか。何事につけても、知らぬ顔の半兵衛(はんべえ)を決めこむ。それが不浄役人の習性かもしれぬが、又兵衛は焦(じ)れったい気持ちになった。

「海月か」

善にも悪にも偏(かたよ)らず、海面をふわふわ浮遊する海月のごとくふるまえば、なるほど、悪人どもから目をつけられることもなかろう。ただ、そんな生き方をつづけてまで、今の地位にしがみつきたいともおもわない。

「まことのところは、どうなのだ」

又兵衛は、闇に消えかかった川端の背中に問いかける。

そして、みずからがこの一件に関わるべき理由を問いなおした。

六

力のない者が余計なことに首を突っこむべきではない。

海月同心に言われなくてもわかっている。

いくつかの出来事が重なって探索にかたむきかけた気持ちも、川端から冷や水を浴びせられたことで萎えてしまった。

悪事の臭いを嗅ぎつけたところで、浅薄な正義を振りかざすつもりはない。動くのはみずからに火の粉が降りかかったときだけと、おのれに言い聞かせながらも、鬱々とした気分からは逃れられずにいた。

ほとんど何もせずに二日を過ごし、三日目の朝に御用部屋へ出仕してみると、部屋頭の中村角馬が何やら意味ありげに顔を寄せてきた。

「聞いたか、日本橋の渡り初めをやった三州屋清右衛門がな、幕府の御用商人になるらしいぞ」

忘れようとしているところへ、余計なはなしを吹きこんでくる。

中村とは、そういう男だ。間が悪いという以上に、嫌味を感じてしまう。

「あの渡り初め、騙りではないかと囁く者もあった。それがまことなら、三州屋は危うい橋を渡ってでも、何かを手に入れようとしていたことになる。それが御用商人の地位だったとすれば、どうだ、はなしが繋がるとはおもわぬか」

「さあ、どうでしょうな」

「ぴんときておらぬのか。あいかわらず、暖簾に腕押しだな、おぬしは」

中村の皮肉を聞きながし、又兵衛はめまぐるしく頭を回転させた。

幕府の御用商人になれば、運上金の優遇などを受けられるようになり、廻船問屋仲間の肝煎りとなって絶大な力を掌中にするのも夢ではなくなる。もはや、三州屋の狙いはあきらかだ。御用商人という確乎たる地位を築くために、偽の渡り初め式を仕組んでまで幕府の信を得ようとしたのだろう。阿漕な商人の企みに乗った役人たちには、法外な賄賂が手渡されていたにちがいない。

三州屋にとっては架け替えの済んだ日本橋こそが危うい橋、まんまと渡りおおせば莫大な見返りを手にできる。それだけの大博打を打ったとすれば、よほど肝の据わった悪党とおもわねばなるまい。何よりも、ぜったいに露見しないという自信の裏打ちがあったのだろう。

噂話が好物の中村に向かって、又兵衛は何気なく問うてみた。

「その一件に絡んで、出世された方はおられるのですか」

「それが、おるのさ」

よくぞ聞いてくれたとでも言わんばかりに、中村は嬉しそうに応じる。

「川船改の楠本平助さまがな、御勘定組頭に昇進なさるそうじゃ」

「ほう、御勘定組頭でござりますか」

職禄二百俵高から三百五十俵高への昇進だが、職禄以上に勘定組頭の地位は重く、勘定吟味役や勘定奉行に昇進する道がひらかれたと周囲から目される。

「渡り初めのご後見役をおぼえておるか」

齢八十を超えた裃の老臣が脳裏に浮かんだ。

「楠本但馬守さまよ。ほかでもない、楠本平助さまのお父上でな、不惑を過ぎてからようやく男子に恵まれた。それゆえ、平助さまの御年はまだ四十と少し、お父上の後を継いで御勘定奉行にご昇進なさる目は充分にある。今から誼を通じておけば何かよいこともあろうかと、目端の利く上の方々はご昇進祝いの角樽を買いに奔られたとか。わしもうかうかしてはおられぬ」

渡り初めの疑惑は何処かへ雲散霧消し、いつの間にか、身近な役人の昇進話に変わってしまった。上の連中が抱く関心も、おおかた同じようなものだろう。

楠本平助は三州屋の後ろ盾となり、潤沢な裏金を幕閣の重臣たちにばらまいたあげく、出世を果たすにちがいない。そして、勘定奉行になったあかつきには、幕府の屋台骨を支えるふりをして、私腹を肥やすことに心血を注ぐのだ。

はたして、それでよいのだろうか。

悪の根を断つのは、今ではないのか。

月代を朱に染めてもよい場面だが、又兵衛の月代は青いままだ。

すべては想像の域を出ず、確乎とした証しはひとつもない。御庭番や伊賀者並みの探索能力があるはずもなく、得手勝手に動いても空回りする公算が大きい。

となれば、やはり、みてみぬふりをするしかないのか。

「知らぬ顔の半兵衛ならぬ、又兵衛だな」

肩を落として自嘲し、小机のうえを片付ける。

廊下に出ると、吟味方筆頭与力の「鬼左近」こと永倉左近に呼びとめられた。

「おう、はぐれか。あいかわらず、しょぼくれた面をしておるな」

「はあ」

「桑山某とか申す廻り方は知りあいか」

「えっ、でえご……いえ、桑山が何か」

「土左衛門の検屍に異議を申し立てた。定橋掛の見立てはまちがっておるゆえ、調べなおしてほしいとな。糞生意気な間抜けめ、同心の分際で何を抜かす、とな、偶さかわしが直々(じきじき)に応対してやったら、溝鼠(どぶねずみ)のごとく震えておったわ。されど、あやつめは言った。例繰方の平手又兵衛さまに聞いていただければ詳細はわかると、屁をすかすように言いおった」

永倉は鰓(えら)の張った四角い顔を寄せ、下から嘗(な)めるように睨(ね)めつける。

「どういうことか、説いてみるか、ん」

又兵衛は身を反らし、棒のように固まった。

調べなおしを願いでる好機だが、永倉を説得できる自信はない。

「おぬしも与力の端くれ、返答次第では吟味方を動かさぬでもない。ただし、定橋掛の見立てをひっくり返すことができねば、大勢が迷惑をこうむる。おぬしはまちがいなく御役御免を覚悟せねばなるまいが、そこまでの覚悟はあるのか」

血走った眸子で睨まれ、又兵衛は押し黙った。

めずらしく勇気をみせた桑山には申し訳ないが、やはり、吟味方を動かすほどの材料は揃っていない。

「……ふん、やはりな。はぐれ又兵衛が重い腰をあげるはずもないわ。定橋掛の赤間は狡猾な狐でな、あやつをやりこめられるかもしれぬとおもうたが、おもうただけ損したわ」

永倉は捨て台詞を残し、廊下の向こうへ行ってしまう。

又兵衛はがっくり項垂れ、御用部屋へも戻らずに奉行所から退出した。

七

八つ刻（午後二時頃）を報せる本石町の鐘音を耳にしつつ、ふらふらと常盤町までやってきた。

長元坊は往診から戻ったばかりらしく、井戸端で裸になって水を浴びている。

「おう、又か。しけた面をしやがって、船宿には行ったのか」

「ああ、行った」

「美人女将の顔を拝んだか」

「物陰から拝んださ」

「なあんだ、喋ってねえのか」

「邪魔がはいってな」

「ひょっとして、青鷺の与次郎か」

長元坊は水をかぶり、ぶるっと馬のように胴を震わせる。

頼んでもいないのに、どうやら、探りを入れてくれたらしい。

「おりょうには、良太(りょうた)っていう四つのがきがいる。おりょうの子だってことになっちゃいるが、そいつはどうもちがうらしい」

「えっ」

「橋番の親爺が教えてくれた。死んだ兄貴の子だってな」

「良治の」

三年前の冬、真夜中に幽霊のような女があらわれ、船宿の表口に赤ん坊を置いていった。

「襁褓(むつき)に文(ふみ)が挟んであってな、めめずの這(は)ったような字で『良治の子』と書いてあったそうだ。橋番の親爺は、その女をみたのさ。足を引きずっていたから、たぶん、舟饅頭(ふなまんじゅう)だろうって言ってたぜ」

良治とどのような因縁があった女かは、父親の大吉も妹のおりょうもわからなかったにちがいない。だが、捨てられた子を哀れにおもい、おりょうは自分の子として育てることにしたのだ。

「近所の連中もみんな、おりょうの子だとおもっている。橋番の親爺は波風が立たねえように、ほんとうのことは言わずにおいたそうだ。でもよ、おれが下りもの の諸白を呑ませてやったら、途端に舌が滑らかになってな、ほかにも聞き捨てならねえはなしをしてくれたぜ」

長元坊は手拭いでからだを拭き、空樽に座って美味そうに煙管を喫かしだす。

「おめえも飲るか」

「いや、いい。それより、橋番のはなしだ」

「寝たきりになった父親のことさ。半年前に中気で倒れたってことになっている。でもな、そいつは眉唾なはなしらしい」

早朝に薬研堀の汀で倒れているのを、橋番の親爺がみつけた。そのとき、頭の後ろに棍棒のようなもので撲られた痕跡があったという。

「命を失ってもおかしくねえほどの傷さ」

父親の大吉は船宿を営むかたわら、川船改から河岸人足の仕切りも任されていた。つまり、青鷺の与次郎のような立場だったが、金払いの悪い三州屋とは折りあいが悪かったという。

「大吉が寝たきりになり、手下の与次郎が仕切りを任されるようになった。どうしたわけか、それからは三州屋との確執も嘘みてえに消えてなくなったとか」

与次郎は今や、三州屋の手先となっている。ひょっとしたら、三州屋が商売をやりやすくするために、与次郎に命じて大吉の命を狙わせたのではないかと勘ぐりたくもなったが、本人たちが白状しないかぎり、証しを立てるのは難しかろう。

「おりょうは役人に訴えた。大吉を殺ったやつを捜してほしいとな」

商売の関わりもあり、おりょうは定橋掛を頼った。ところが、訴えは取りあげられず、泣き寝入りをするしかなかった。

「橋番の親爺が言うには、ひとりだけ気に掛けてくれた同心がいたらしい」

「海月か」

「おっと、そのとおりだ。川端源内を知ってんのか」

「川端に言われたのさ。余計なことに首を突っこむなとな」

「ふうん」

「三日前に船宿へ足を向けたとき、青鷺の与次郎が乾分をしたがえて、ひょっこりあらわれた。おりょうが何処かへ連れていかれそうになってな、そこへ川端がやってきて阻(はば)んでみせたのさ。そういえば、妙なことを口走っていたな。自分には『みよし』の敷居をまたぐことができぬとかどうとか」

「なるほど、合点(がてん)がいったぜ」

川端には悲しい事情があった。十二年前の鉄砲水（てっぽうみず）で、妻と幼い男の子を失ったのだ。そのとき、手下どもに命じて懸命に泥を掻きださせ、ほとけをみつけてくれたのが大吉だったという。

「川端は恩を感じていたにもかかわらず、半年前に大吉が何者かに撲られたとき、何ひとつ力になってやらなかった。上役に抗えねえ下っ端同心の性（さが）ってやつさ。ふわふわ海月みてえに浮いているしか能のねえ野郎が、命懸（いのちが）けで上役に掛けあうはずもねえ。ただし、そいつを恥（は）じる気持ちだけは残っていたってわけさ。敷居をまたぐことができねえってのは、そういうことだろう」

　おりょうの恨みが消えることはなかろう。ただ、今さら蒸し返す余力もないはずだ。大吉の介護と幼子の世話をしながら、たったひとりで船宿を切り盛りしていかねばならぬ。それだけで手一杯にちがいない。

　又兵衛は、ぱんと膝を叩く。

「おもいだした。与次郎がおりょうを連れだそうとした理由だ」

「妾話だろう」

「わかってたのか」

「あたりめえさ。おりょうに目をつけたのは、川船改の楠本平助だぜ」

「何だと」

「とんでもねえ、助平野郎らしいな。定橋掛の赤間主水之介は、楠本の提灯持ちだ。ふたりは三州屋の後ろ盾になって、好き放題にやらせていやがるのさ。法外な賄賂と引き換えにな」

「廻船問屋はそんなに儲かるのか」

「やり方次第じゃねえのか。おれも詳しかねえが、たとえば、破船を装って荷を何処かの蔵に隠しておくってのはよく聞くはなしだ」

不作が見込まれる年に米や綿花を買い占めておく阿漕な廻船問屋もいる。主要な産物の買い占めや売り惜しみは御法度ゆえ、みつかれば厳罰に処せられるが、そもそも早い時期から不作かどうかを判断するのは難しいため、容易にできることではない。

「それで、おめえはどうする気だ。迷ってっから、ここに来たんじゃねえのか」

「まあ、そうだな」

「同心に首を突っこむなと言われて、すごすご引きさがるのか。そうなりゃ、おめえも海月といっしょだぜ。ふわふわ波間を漂って行きつくさきは、後悔っていう名の砂浜だろうさ。へへ、航海と掛けたんだぜ」

長元坊にしては巧みな言いまわしだが、又兵衛は褒める気にもならず、苦い顔を向けるしかなかった。

八

屋敷で夕餉を済ませ、書見台に向かって医術や兵学の書を捲った。字面を目で追っても何ひとつ頭にはいってこないので、書を閉じて裏庭へ出ると、気合いを入れて木刀を振りはじめる。

このところ、ずっとこんな調子だった。

一歩が踏みだせぬ自分を戒めるかのように、腕があがらなくなるまで何百回も木刀を振りつづけるのだ。

静香はさすがに不安げな様子だったが、口には出さずにいてくれる。

又兵衛は香取神道流を学んでいた。座した姿勢から飛蝗のごとく跳躍し、中空で抜刀しながら相手に斬りかかる。秘技とされる「抜きつけの剣」を修得しており、免状も与えられていた。

もちろん、よほどのことでもないかぎり人は斬らぬし、抜刀もしない。真剣を差して市中を歩くのは稀で、たいていは刃引きのなされた鈍刀を鞘に仕込んでいる。時折、人の寝静まった真夜中にだけ、父から譲り受けた美濃伝の「和泉守兼定」を振りこむのだ。

今宵も木刀を置き、兼定を手に取った。

「はっ」

電光石火、二尺八寸の本身を抜きはなつ。

長尺刀ゆえ、抜刀の際には鯉口を左手で握って引き絞らねばならない。

この「鞘引き」に長じていなければ、宝刀を扱うことはできなかった。

「ぬおっ」

抜いては斬り、斬っては納め、前進しては後退り、横に払っては沈みこむ。

朧に霞んだ月のもと、変幻自在の動きを繰りかえす。

互の目乱の美しい刃文は月光に映え、亡き父のことばを甦らせた。

——勝てぬ戦さはするな。

今から十一年前、父は番町の三年坂で背中を斬られ、即死は免れたが一度も目を開けず、半月後に亡くなった。刀も抜かずに背中を斬られるのは、恥辱以外の何ものでもない。周囲からは武士の風上にも置けぬと蔑まれ、通夜と葬儀に訪れた者はほとんどいなかった。

又兵衛にも恥ずかしい気持ちがあった。それゆえ、葬儀ののちは、父の死を忘れようとつとめた。陰口を叩かれても平気を装って過ごし、誰かと交わるのを避けているうちに「はぐれ」と綽名されるようになったのだ。

母は父のあとを追うように還らぬ人となった。又兵衛は打ちのめされたが、一心不乱に木刀を振って悲しみを紛らわせ、どうにか例繰方の役目をつづけてきた。何にたいしてもやる気が起きず、川端源内と同じように、ふわふわと海月のように漂っていたようなものだった。

ところが、父の死には意外な事実が隠されていた。それがわかったのは、今年の春先である。父は当時の南町奉行であった根岸肥前守の密命を帯び、対馬藩の抜け荷を探索していた。その最中に、敵の手によって騙し討ちにされたのだ。

静香と所帯を持ち、父の仇を討ってからは、心の保ちようがあきらかに変わった。敢えて避けていた父のことばを、ひとつひとつ、しっかりと反芻できるようになったのである。

――勝てぬ戦さはするな。

まさしく、今がそのときなのかもしれない。

渡り初めに端を発した三州屋の企みは、事実ならば許し難いことだ。後ろ盾とおもわれる楠本平助や赤間主水之介も厳しく裁かれてしかるべきであろう。

ただ、今ひとつ決め手に欠ける。

悪党どもの狙いが何なのか、確乎とした証しとともに、あらためて筋を描いてみせねばならない。それができぬようなら、父の言うとおり、戦さを仕掛けても勝てる見込みはなかろう。

真剣を振りこんだにもかかわらず、いつもどおりに眠りは浅かった。

翌日は非番だったので、午後は着流しで霊岸島から箱崎や浜町河岸にいたる界隈を散策してまわる。

着流しとはいえ、髪形までは変えられない。額は広く取り、生え際をみせぬように小鬢まで剃りあげ、短くした髷は毛先を散らさずに広げ、髱はひっつめで出している。みる者がみれば、八丁堀の与力とすぐに判別できよう。

浜町堀に沿った武家屋敷のまえを歩いていると、露地の向こうから物売りの声が聞こえてきた。

「お油よろしゅう、油でございい」

錆びついた声の油売りだ。

年季の入れようがちがうのか、聞く者を惹きつけて離さない。

油売りは箱のうえに曲げ物（まげもの）の桶を載せ、ぜんぶまとめて天秤棒で担いで売り歩く。たいていは午過（ひるす）ぎから商売に勤（いそ）しむが、灯火用（とうかよう）の油は夜更（よふ）かしをする夏のほうが冬よりもよく売れるという。

売り声が途切れたのは、客がついたせいだろう。

客は油差しを手にして集まり、油売りは量（はか）り売りをする。客の油差しに小さな柄杓と漏斗（ろうと）を使って、ゆっくりと垂らすように油を注ぐのだ。手間が掛かるので、油売りは長々と世間話をしつづける。暇そうにみえるところから、油を売るということばが生まれた。

灯火用の油には、菜種（なたね）からとった高価な種油（たねあぶら）と鰯（いわし）からとった安価な魚油（ぎょゆ）がある。武家地の客が求めるのは、米の値段の二倍はする種油のほうだろう。

「お油よろしゅう、油でござい」

ふたたび、油売りの錆びた声が聞こえだす。

ひとつさきの辻（つじ）を曲がると、胸前垂（むねまいだれ）姿の老爺が歩いてきた。

「やっぱり、おぬしか」

齢（よわい）九十五の清兵衛である。

早々に房総へ帰れと言ったはずなのに、こんなところでまだ油を売っていた。

「へへ、油売りだけに仕方ありやせんや。何せもうすぐ、売っちゃならねえっていうお達しが出るって聞いたもんだから」

「ん、どういうことだ」

「あれ、ご存じない。上方(かみがた)の種油はお上がほとんどお買いあげになり、直売り(じかうり)ができねえようになっちまうんだよ」

「まことか、それは」

「まこともまこと、おおまことで。おれはな、ほれ、いちおうは渡り初めに選ばれた者だから、おこぼれで売らせてもらってんのさ」

事実ならば一大事だ。世の中から種油が消えるのである。少なくとも大きく量を減らされてしまえば、油の値は今よりいっそうあがり、それにつられて諸色(しょしき)も跳ねあがることになろう。

「爺さん、そいつを誰に聞いた」

「卸元(おろしもと)の三州屋さあ」

「何っ、三州屋は廻船問屋であろうが」

「廻船問屋だからできるのよ。値があがるめえに、上方の種油をごっそり買い占めることがなあ」

あっと、声をあげそうになった。

「それだ」

「って、何が」

三州屋の狙いは、種油にちがいない。種油を大量に買い占め、蔵に隠して囲い込みをはかり、値が鰻のぼりにあがった段階で売り抜けようとしているのだろう。

肝心なのは、三州屋がお上の施策を事前に知っていることである。おそらく、種油の直売りが禁止になるというはなしを、何者かがこっそり教えたのだ。

これほど重要な施策を知る者は、幕閣の重臣を除けばごく少数にかぎられよう。

ただし、勘定奉行に就いたことのある者ならば、知り得たかもしれない。

「楠本但馬守か」

子の平助なら、事前に知ってもおかしくはなかろう。

「繋がった」

又兵衛の独り言など、清兵衛には聞こえていない。

とろんとした濁った目で、こちらをみつめている。

「爺さん、種油は何処で仕入れる」

「新川河岸の蔵に行きゃ、油樽が山と積まれてらあ」

くいっと薄い胸を張る清兵衛を、骨が軋むほど抱きしめてやりたくなった。

種油の買い占めで大儲けを企んでいるのだとすれば、紛れもなく厳罰に処するべき案件である。しかも、幕府の施策を一商人に漏らした者がいるのならば、重い罪に問わねばなるまい。

これで戦さ場へ踏みだすことができると、又兵衛は胸につぶやいた。

九

霊岸島の新川河岸には、酒問屋が軒を並べている。

三州屋の蔵は三棟並びで、二ノ橋の北寄りに建っていた。

「ご近所すぎて、気づかなかったな」

一見すると、酒問屋と区別がつかない。

人足たちも、桟橋に繋がる荷船から酒樽をせっせと運びこんでいる。

中味は酒ではなく、摂津や播磨から運ばれた上等な種油なのだろう。

廻船問屋は荷主を兼ねることもあるが、特定の品目だけを蔵に積んでおくことは稀にもない。酒より長持ちする油なら、当面のあいだは売らずに貯めこむこともできよう。買い占めと売り惜しみによって、三州屋が種油の値を吊りあげようとしているのはあきらかだ。

「ほら、ぐずぐずするな。手っ取り早く運びこめ」

夕陽に染まる桟橋で人足たちを叱咤するのは、首の長い優男だ。

「青鷺の与次郎か」

与次郎の背後に連なる土手のうえには、絹の着物を纏った布袋腹の商人が立っている。

渡り初めでも見掛けた三州屋清右衛門にほかならない。

かたわらには、腰の曲がった爺さんが立っていた。渡り初めに参じた年寄りのなかで見掛けた顔かもしれない。ひとりくらいは本物の血縁が交ざっていたのであろうか。

それにしても、陽のあるうちから荷運びをおこなうとは、大胆にもほどがある。

とりあえず、樽の中味を確かめてやろうとおもい、又兵衛は土手下の桟橋に降りていった。

樽のひとつに身を寄せ、くんくん匂いを嗅ぎだす。

すぐさま、与次郎が飛んできた。

「おい、何してやがる」

又兵衛は悠然と振りむき、笑いながら応じた。

「中味は下り酒ではないな。ひょっとして、種油か」

「あんたは何者だ」

着流し姿でも、町奉行所の与力と察することはできよう。

与次郎の顔には、警戒の色が浮かんだ。

又兵衛は、ぐいっと胸を反らす。

「ご覧のとおり、八丁堀の与力だよ。そっちの出方次第では、数寄屋橋から捕り方を呼んでもよいぞ」

「ちょいとお待ちを」

与次郎が困惑顔で助けを求めると、三州屋が土手を降りてきた。

「お武家さま、何かご用にございましょうか」

「ほう、真打ちのご登場か」

「手前は三州屋清右衛門にございます。あの、お武家さまは」

「名乗れと申すのか。そのまえに、これだけの種油をどうするつもりだ」

「もちろん、仲買や小売りに買っていただきます。手前どもは荷主を兼ねた廻船問屋にございますゆえ、誰からも後ろ指を差されぬ商売かと」

「怪しいな」

「何がでござりましょうか」

「ざっと眺めたところ、おぬしの蔵には油樽が山積みにされているようだ。油問屋でもないおぬしが、どうして油だけ貯めこもうとする」

三州屋は首を捻る。

「仰る意味がよくわかりませぬが」

「ふん、とぼけるのが下手だな。おぬし、上方の種油を買い占めるつもりであろう」

「まさか、さようなことは天地神明に誓ってもいたしませぬ。買い占めは御法度にござりますれば」

「だから、申しておるのよ」

三州屋は三白眼に睨みつけ、都合が悪いときの癖なのか、口端をぴくぴく動かす。

「手前はそんじょそこらの廻船問屋ではありませぬ。お上から御墨付きを頂戴する御用商人にござります。言いがかりをつけるおつもりなら、こちらにも考えがござります」

又兵衛は鼻で笑った。

「ふん、ひらきなおったな。どんな考えがあるのか、聞かせてもらおうではないか」

「まずは、定橋掛の赤間主水之介さまにおはなしいただければと存じます」

「何故、定橋掛なんぞに、はなしを通さねばならぬ」

「廻船問屋にとって、町奉行所でもっとも繫がりの濃いのが定橋掛にござりますれば」

「赤間某で埒があかぬときはどうする」

「川船改さまのほうに仰っていただいてもけっこうです」

「いっそのこと、勘定所へ訴えてみようか。たとえば、御勘定組頭に昇進なされた楠本平助さまなどはどうだ。おぬしも知らぬお方ではあるまい」

後ろ盾の名を出したのが効いた。

三州屋は仰天し、口をもごつかせる。

「あんたはいったい、何者なんだ」

ぞんざいな口をきくのは、敵意のある証しだ。

又兵衛はわざと、高飛車に言いはなった。

「楠本や赤間だけでなく、わしにもいいおもいをさせろ。そっちが誠意をみせるなら、こっちも見返りをくれてやるぞ」

同じ穴の狢（むじな）かもしれぬと、直感が囁いたのだろうか。

三州屋はわずかに警戒を解き、身を乗りだしてくる。

「ほう、見返りとは、たとえばどのような」

「そうさな、日本橋の渡り初めに集めた年寄りたちがおったろう。そやつらを黙らせてやるとか、そういうことだ」

「なっ」

「安心しろ。口止め料さえ貰えば、口外はせぬ」

三州屋は驚きすぎて、ことばを失ってしまう。

「さればな。また顔を出すゆえ、それまでに返事を考えておけ」

又兵衛は袂（たもと）をひるがえし、素早く桟橋から離れていった。

あれだけ刺激してやれば、何らかの手を打とうとするはずだ。

ぼろを出したらめっけもの、一気呵成（いっきかせい）に攻めたてればよい。

河岸を離れてからは、わざとゆっくり歩き、八丁堀とのあいだを繋ぐ亀島橋（かめじまばし）の手前までやってきた。

ひたひたと、背後に跫音が迫ってくる。

「ほうら、おいでなすった」

足を止めて振りかえれば、期待とはちがう人物が立っている。

「海月……いや、川端源内か」

「三州屋の追っ手と勘違いされましたか」

「少しばかり期待したのだがな」

「追っ手は来ませんよ。三州屋もそれほど、浅はかではない」

「あの程度の誘いには乗らぬと申すか」

「ええ、乗りませぬな」

「ところで、おぬしはどうして、三州屋を張りこんでおったのだ」

「張りこんでなどおりません。偶さか、平手さまをお見掛けしたのでござります」

「隠さずともよい。わしらの狙いは同じかもしれぬ」

「平手さまの狙いとは、はたしてどのような」

川端は首をかしげた。

そこへ、蕎麦屋台の風鈴が聞こえてくる。

「どうだ、まずは腹ごしらえといかぬか」

にっこり笑って誘うと、川端は黙って従いてきた。

月見蕎麦は一杯三十二文、掛け蕎麦の倍はするものの、又兵衛は気前よくおごってやろうとおもった。

十

川端は遠慮し、十六文の掛け蕎麦を注文した。

その代わり、蕎麦猪口に冷や酒を注いでやる。

川端は迷ったすえ、挑むように猪口を呷った。

ふうっと溜息を吐き、首を大きく左右に振る。

「どうした、久方ぶりの酒か」

「十一年と半年ぶりにござります」

「えっ」

長元坊の調べによれば、川端は鉄砲水で妻子を亡くしていた。

ひょっとしたら、そのことと関わっているのだろうか。

「十二年前の夏に妻子を失いました」

川端はみずから、不幸な出来事を語りはじめた。

「遺体をみつけてもらってからは何もする気が起きず……」

自暴自棄になり、酒に走った。半年余りのあいだ、溺れるほど酒を呑み、あるとき気づいてみると、日本橋のまんなかに立っていた。

「……正月の真夜中でござります。冴えた月を見上げ、ふらふらと欄干に近づきました。死のうとおもっていたのでしょう」

欄干に片足を掛けたとき、後ろから誰かに襟首を摑まれた。

凄まじい力で引き戻され、川端は仰向けに寝転がった。

奉行所で何度か見掛けたことのある人物が、上から覗きこんできたという。

「『死ぬのは容易い。もう少し生きてみろ』と、そのお方は慈しむように仰いました。お父上であられます。悴んだそれがしの手を取り、こちらを握らせてくださった」

川端は懐中から奉書紙を取りだす。開いてみると、拇指大の小さな観音像が目に飛びこんできた。

「おぼえはありでしょうか」

「いいや、はじめて目にする御仏だ。されど、父はひとりで部屋に籠もり、よく仏像を彫っておられた」

鑿で木を削る音が耳に懐かしく甦ってきた。すっかり忘れていたが、幼心に不思議に感じたのをおぼえている。

「お父上はその翌月、三年坂で何者かに斬られ、涅槃会にお亡くなりになった。それがしはずいぶんあとになって、お父上が亡くなられたことを知りました。たった一度、命を助けていただいたときしか、おはなししたことがありません。されど、あの日のことは忘れようにも忘れられぬ。この観音さまを眺めるたびに、お父上に掛けていただいたおことばを思い起こし、今日まで何とか生きのびてまいったのでございます」

「そうであったか」

「誰にも告げずにおこうとおもっておりました。されど、これも運命なのか、同じ日本橋でご子息のすがたを目に留めた。あまりに面影が似ておられたので、声を掛けずにいられなかったのでございます」

ありがたいと、又兵衛はおもった。川端は父のことをたいせつにおもい、観音像をお守りのごとく携えてくれている。そのことに、心から感謝したくなったのだ。

ふたりは屋台をあとにし、肩を並べて亀島橋に向かった。

橋の途中で欄干に身を寄せ、暮れなずむ八丁堀の町並みを見下ろしながら、どちらからともなく語りはじめる。

「どうして、三州屋に行かれたのですか」

又兵衛は問われ、これまでの経緯を包み隠さずにはなした。

三州屋に目をつけたのは、良治の死に疑いを持ったのがきっかけだったこと。楠本平助と赤間主水之介が後ろ盾となって、偽の渡り初めという卑劣な手を使い、三州屋を幕府御用達に押しあげたこと。渡り初めにも選ばれた油売りのはなしから、種油の買い占めという悪事を嗅ぎつけたこと。

川端はそうした経緯を聞き終え、深々と溜息を吐いた。

「まさか、そこまでお調べとは」

「おぬしに言われたことは、肝に銘じておる。なるほど、例繰方には何の力もない。疑いを持っても確かな証しがないかぎり、捕り方を動かすことはできぬ。無理に動かそうとすれば、壁となって立ちはだかる連中がおることも承知しておる。だからといって、指を咥えてみているのも忍びない。どうにかして悪党どもを縛につかせられぬものかとおもい、三州屋に足を向けたのだ」

「わざと、焚きつけておられましたな」

「相手の出方を窺ったのさ」

「勝算はおありなのですか」

「おぬしはどうなのだ」

又兵衛に問われ、川端は低声(こごえ)で漏らす。

「五分五分ですな」

「少なくとも、動く気でいるということだな」

「ええ、まあ」

「ちと、聞いてもよいか」

「何でしょう」

「おりょうのことは、どうおもっておる」

「おりょうは恩のある大吉の娘、それだけにござります」

「格別な情は抱いておらぬのか」

川端はしばらく考えこみ、訥々と語りはじめた。

「良治のことでは、申し訳ないとおもっております」

「どういうことだ」

「良治を改心させられなかった。大吉に何とかしてほしいと頼まれていたにもかかわらず、あいつが堕ちていくのを黙ってみているだけでした」

良治は勘当されて帳外者となり、しばらくすがたをくらましていたが、いつの頃からか、与次郎の世話になりはじめた。

「いつも呑んだくれておりました。渡り初めに飛びこんだのも、酔ってむしゃくしゃしていたからでござりましょう。情けない自分に嫌気がさしていたのです」

「良治を殺ったのは、与次郎か」

「いいえ、殺ったのはおそらく、楠本平助にござります」

「えっ、まことか」

どうやら、良治のほうが楠本の命を狙ったらしい。その場には、与次郎たちも控えていた。良治はあっさり返り討ちになり、川に嵌まったことにされたのだ。

川端は楠本を乗せた駕籠かきを捜しあて、殺しの顛末を聞きだしていた。ただ、良治の遺体は早々に茶毘に付されたので、検屍の余地は残されていない。駕籠かきの証言だけでは、一度確定した死因を覆すことは難しかろう。

「良治は莫迦なやつでしたが、おりょうのことはたったひとりの妹だからと、心の底から案じておりました。楠本の妾話を耳に挟み、頭に血をのぼらせたのでしょう」

楠本は心形刀流の免状持ちだという。もちろん、かなうはずはない。そんなことは良治もわかっていた。溜まりに溜まった怒りの捌け口を探しあぐね、死に場所を探していたのかもしれないと、川端はこぼす。

そういえば、良治はおりょうのせいで死んだと、青鷺の与次郎は言っていた。又兵衛にはその意味が、ようやくわかったような気がした。

川端は格別な情はないと言ったが、おそらく、そうではなかろう。

おりょうと良太に、亡くなった妻子のすがたを重ねあわせているにちがいない。

それゆえ、何とか力になりたいと、藻掻いているのだ。

「さっき、勝算は五分五分だと言ったな」

「申しました」

「何か証しになるようなものでもあるのか」

「金六という女衒から、三州屋が渡り初めのために集めさせた年寄りたちの名と住処を聞きだしております」

「なるほど、使えなくもないが、それだけでは弱いな」

「仰るとおり、楠本や赤間との繋がりをあきらかにできませぬ」

「やはり、本筋は種油のほうであろうな」

一介の廻船問屋にたいして、幕府の役人が賄賂と引き換えに、まだ公表されてもいないお上の重要な施策を漏らした。そのことが証し立てできれば、楠本や赤間に腹を切らせることができよう。

「じつは、まだ出まわっているはずのないお触れの写しを、楠本は三州屋に売りつけようとしております」

「油の直売りを禁じるお触れのことか」

「いかにも」

楠本が勘定奉行だった父親の伝手をたどり、本物の触れを手に入れたうえで写しをとったらしい。三州屋にすれば、確実に種油が足りなくなるという見通しを立てるうえでも、喉から手が出るほど手に入れたい書状にちがいなかった。

「赤間が酔った席で、ぽろりと漏らしたのです。三州屋は千両箱ひとつ差しだすと言った。自分は楠本さまと一蓮托生ゆえ、相伴に与ることができようと、そのように。海月と綽名されるそれがし相手に、油断したのでござりましょう」

「欲しいな、その書状」

と、又兵衛はつぶやいた。

写しであっても、施策を漏らした証しにはなる。

川端は身を乗りだしてきた。

「書状を手に入れたら、どうにかなりましょうか」

「なる。勝算が五分から九分程度には高まろう」

「されば、是が非でも手に入れねばなりませぬな」

川端の顔が興奮のせいか、赤く火照(ほて)ってみえた。

これも亡き父によって導かれためぐりあわせかもしれぬと、又兵衛はおもわざるを得なかった。

十一

四日後の夜、川端源内からの連絡(つなぎ)が途絶(とだ)えた。

昨日は文で「件(くだん)のものを入手」という朗報がもたらされ、いよいよ、今宵は三州屋へ乗りこむ腹を決めていただけに、又兵衛は不安を募(つの)らせていた。

町木戸の閉まる亥ノ刻(いのこく)（午後十時頃）を過ぎた頃、八丁堀の屋敷に男がひとりやってきた。

定町廻りの「でえご」こと、桑山大悟である。

「平手さま、夜分に申し訳ござりませぬ」

「ふむ、いかがした」

よからぬ事態が起こったにちがいないと察せられた。

「船宿『みよし』の女将が拐かされました」

「何だと」

暮れ六つ頃（午後六時頃）、桑山は船宿へ様子を窺いに訪れた。すると、父親の大吉が血だらけで板の間に這いつくばっており、近所の連中が町医者を呼びにやったところだったという。

「鼻の骨を折られておりましたが、命に別状はありません。良太という幼子は、近所の者が預かってくれておりました。集まった連中に何があったのか尋ねてみると、つい今し方、破落戸風の男たちが何人か押しよせ、嫌がるおりょうを拐かしていったと申します」

大吉は動かぬからだで必死に抗ったが、首の長い男から足蹴にされたらしかった。

「首の長い男」

「青鷺の与次郎かと」

まちがいあるまい。

桑山はその足で小網町にある与次郎のもとへ向かったが、知らぬ存ぜぬの一点張りで通された。そうこうしているうちに、どうしたわけか、定橋掛の赤間主水之介があらわれ、野良犬も同然に追いはらわれた。迷ったあげく、又兵衛を頼るしかなくなったのだという。

川端からの連絡が途絶えたのは、おりょうが連れていかれたことと関わっているのかもしれない。

又兵衛はそうおもったが、面倒臭いので桑山には何も言わなかった。

ともあれ、不安げな静香に見送られ、押っ取り刀で屋敷をあとにする。

向かったさきは、与次郎のところではない。

新川河岸の三州屋である。

「何故、廻船問屋に向かわれるのですか」

首を捻る桑山にたいし、又兵衛は何もこたえなかった。

今宵は川端とのあいだで、三州屋へ躍りこむ段取りにしていたのだ。もしかしたら、川端はおりょうが連れていかれたことを知り、手に入れた「写し」とおりょうの身柄を三州屋で交換しようとしたのかもしれぬ。勘が当たっているとすれば、ふたりはきっといるはずだと、又兵衛は読んだのである。

新川河岸へ着いてみると、暗い桟橋に人足どもが集まっていた。

「舟を出せ。まだそのあたりに浮かんでいるはずだ」

激しい口調で指示を飛ばすのは、青鷺の与次郎である。

桑山が駆けよった。

「おい、何があった」

振りむいた与次郎の襟首を、桑山が摑もうとする。

その手を乱暴に振り払い、与次郎はぺっと唾を吐いた。

「また、おめえさんか。捕まえた鼠が逃げたのさ」

「鼠とは、おりょうのことか。おぬしが拐かしたのだな」

「文句があんなら、赤間さまに言ってくれ」

「赤間さまは何処だ」

「三州屋だよ」

それを離れたところで聞き、又兵衛は踵を返した。

「平手さま、それがしはおりょうを捜します」

桑山はそう言い残し、何処かへ行ってしまう。

又兵衛は迷いもせず、三州屋の敷居をまたいだ。

主人の清右衛門と赤間主水之介が、上がり端で立ち話をしている。

のっそりあらわれた又兵衛のすがたをみとめ、ふたりは喋るのを止めた。

「ん、はぐれではないか」

「どうも」

又兵衛がお辞儀すると、赤間は不審げな顔になる。

「何か用か」

「用がなければ、亥ノ刻過ぎに足労はしませんよ」

「あっ」

唐突に、三州屋が声をあげた。

「赤間さま、こいつです。先刻、おはなし申しあげた男にございます」

「ふうん」

赤間は顎を撫でる。

「自分にもいいおもいをさせろとほざいたのは、おぬしであったか。いったい、どういう了見だ」

「三州屋があくどいことをしていると、訴えがありましてな。名無しの訴えゆえ、吟味方では取りあげませぬ。されど、偶さかそれがしが訴えを読み、ちと調べさせていただきました」

「ふん、それで」

「三州屋は幕府のしかるべき役人から指図を受け、種油をせっせと買い占めておりました。証しもござりますゆえ、上にあげてもよいのですが、それでは芸がない。どうしたものか、赤間さまにご相談申しあげようかと」

「金が目当てか。はぐれと呼ばれる能無しが、それほど腹黒い男であったとはな」

「お褒めいただき、かたじけのう存じます。そういえば、先日、永倉左近さまから妙なことを聞かれました。百本杭に浮かんだ土左衛門の一件、調べなおすべきかどうかと」

赤間はわずかに顔色を変え、乾いた唇を嘗める。

「おぬしは、どうこたえたのだ」

「わかりかねますと、正直におこたえ申しあげました。何せ、検屍をおこなったのは定橋掛の赤間さま、調べなおすにしても、肝心のほとけは早々に茶毘に付されたわけですし、殺しと断じるにはそれなりの証しが要る。たとえば、事情を知っていそうな三州屋を捕らえ、責め苦を与えるといった手もありましょうが、それがしにそこまでやる力はない。何せ、しがない例繰方にござります。どうせなら、赤間さまと同じ穴の狢にでもなろうかと、こうして出向いてまいった次第」

「よくもぬけぬけと」

「仲間に入れてもらえぬと仰るなら、明日にでも永倉さまのもとへまいろうかと。いかがでしょう」

赤間はぎりっと奥歯を嚙みしめ、掌を返すがごとく不敵に嗤う。

「そうじゃ、おぬしにみせたいものがある」

奥へ引っこみ、すぐに戻ってきた。

「ほれ」

手に提げた何かを、三和土のほうに抛ってみせる。

どさっと足許に落ちたのは、男の右手首であった。

「海月の手首だ。女を助けようとして墓穴を掘った」

又兵衛は口を結び、動揺を悟られまいとした。

「わしが斬ったのではないぞ。海月もなかなかの手練ゆえな、わしにはできぬ芸当よ」

おそらく、心形刀流を修めた楠本が斬ったのであろう。

「海月もな、おぬしと同じようなことをほざいておったわ。悪事の証しとなるものを携えておるゆえ、それと女を交換したいと申してなあ。渡りに船とはこのこと、証しとやらを手に入れて、ふたりとも始末する腹でおったが、海月め、わしらの隙を衝き、女を連れて逃げだした。されど、あのからだでは長く保つまい」

又兵衛は堪えた。まんがいちのときは、骨を拾ってやらねばなるまいと、覚悟を決めるしかなかった。

「ふふ、下手なことを考えたら、おぬしもこうなるというはなしよ。それでも仲間になりたいと抜かすなら、あのお方に伺いを立ててやる」

横柄な態度で見下され、又兵衛は押し黙った。

三州屋も嘲笑いながら、小狡い目を向けてくる。

楠本のおらぬ今は、焦って動くべきではなかろう。

又兵衛はどうにかして、怒りを抑えこもうとした。

十二

三州屋をあとにし、亀島橋へ向かった。

四日前、川端といっしょに蕎麦を啜ったあたりだ。

橋詰めには番小屋があり、淡い灯りが漏れていた。

通りかかったところで、囁くような声が掛かった。

「平手さま、それがしです」

髪を濡らした桑山が、板戸の隙間から顔を差しだす。

素早く身を寄せ、番小屋の内に滑りこんだ。

床の褥には、蒼白い顔の川端が横たわっている。

隣にも褥が敷かれ、おりょうが仰向けで寝ていた。

ふたりとも眠っており、川端のほうは息遣いが荒い。

「すぐさきの汀でみつけ、背負ってまいりました。もうすぐ、番太郎が町医者を連れてまいりましょう」

一刻も早く八丁堀の番屋へ運びたいが、今は医者を待つしかなかった。

与次郎たちに嗅ぎつけられたら、刀を使ってでも阻むしかなかろう。

薄掛けを捲ると、川端の右手首には晒しが巻かれていた。

桑山が巻いたのだろう。

どうにか、血だけは止まっている。

おりょうが目を覚まし、むっくりからだを起こした。

又兵衛と桑山を不思議そうにみつめ、かたわらの褥に目を移す。

「川端さまっ」

抱きつこうとして、はっと我に返る。

右手首を失ったことに気づいたのだ。

わっと、おりょうは泣きだした。

おそらく、断たれるところを目にしたのだろう。

「……わ、わたしのせいで……ご、ごめんなさい」

蹲るおりょうのほうへ、震える手が翳された。

川端が薄目を開け、左手を持ちあげている。

おりょうは気づき、顔をそっと近づけた。

川端はわずかにうなずき、おりょうの頰を撫でる。

気にするなとでも言うように、微かに笑ってみせた。

ぐすっと、桑山が洟水を啜りあげる。

川端の気丈さに、心を動かされたのだろう。

と、そこへ、番太郎が医者を連れてきた。

医者は右手の晒しを剝ぎとり、断たれた傷口を真水で洗う。

そして、川端の口に細竹を嚙ませるや、何と炭火で傷口を焼きはじめた。

「ぬぐっ……ぐぐ」

おりょうはみていられず、顔を横に向けている。

又兵衛と桑山は川端が動かぬように手足を押さえつけた。

荒療治が終わると、医者は予想どおりの台詞を吐いた。

「生きるか死ぬか、今夜が山場にござります」

突如、外が騒がしくなってくる。

与次郎たちがやってきたにちがいない。

川端を橋向こうへ移すべく、戸板を持ってこさせた。

灯りを消し、おりょうがさきに外へ出る。

追っ手がまだ遠くにいるのを見定め、桑山と番太郎が戸板を運びだした。

一方、又兵衛はしんがりについた。

「あっ、あそこにいるぞ」

手下どもの声がして、人影がわらわらと駆けよせてきた。

「さあ、行け」

又兵衛は桑山の尻を叩き、みずからは頰被りをする。

着流しなので、頭さえ隠せば与力と疑われる恐れはない。

通りがかりの食いつめ者とでもおもってもらえれば、めっけものだった。

「こんにゃろ」

ひとり目が匕首を抜き、からだごと突きかかってきた。

ひらりと横に跳んで避け、首筋に手刀を叩きこむ。

ふたり目と三人目には、当て身を喰わせた。

つぎに迫った四、五人のなかには、首の長い与次郎もいる。

「囲め、早く囲め」

眦を吊りあげ、手下どもを横に広げさせた。

「膾斬りにしてやれ」

「おう」

手下どもは一斉に段平を抜き、囲みを狭めてくる。

それでも、又兵衛は刀を抜かない。

「死ね」

掛かってきた相手の腕を巧みに取り、巻きこむように投げつける。

さらに、ふたり目は顔面に肘打ちを見舞い、三人目と四人目は手刀で昏倒させた。

与次郎は怯み、わずかに後退る。

後ろには乾分がふたり控え、逃げるかどうか迷っていた。

「さっきまでの勢いはどうした」

又兵衛が誘うと、与次郎はぺっと唾を吐く。

「うるせえ、さんぴんめ」

「尻尾を巻いて逃げるか、それとも、男らしく掛かってくるか、どっちだ」

「くそっ」

与次郎は段平を青眼に構えた。

「やるのか、偉いぞ」

又兵衛は低く身構え、腰の刀を抜きはなつ。

鈍く光る刀は、刃引刀だった。

「ぬおっ」

与次郎は土を蹴り、上段から斬りつけてくる。

又兵衛は鎬も合わせず、逆しまに袈裟懸けを狙った。

――ばすっ。

左の鎖骨を叩き折る。

「ぐっ」

与次郎はたまらず、両膝をついた。

又兵衛は逆袈裟の一撃を繰りだし、右の鎖骨も叩き折る。

小悪党の与次郎は泡を吹き、顔から地べたに落ちた。

「ひぇっ」

後ろの乾分たちが、段平を捨てて逃げだす。

追う必要はなかろう。

又兵衛はゆっくりと納刀し、橋のほうへ踵を返した。

十三

二日後、水無月十六日は嘉祥の祝い、目上の者は目下の者に餅や菓子をふるまう。千代田城内では公方家斉が諸侯諸役人に十六種類もの菓子を賜り、南北町奉行所でも町奉行から各役人に饅頭が配られた。

又兵衛は静香や主税に食べさせてやろうとおもい、饅頭を三個も貰った。紙に包んで袖口に仕舞い、長屋門の脇戸から外へ出る。すると、水茶屋の毛氈に座っていた若い同心が、黒羽織の襟を寄せながら近づいてきた。

日本橋の渡り初めでみた顔かもしれぬが、はっきりしない。

同心は軽くお辞儀をし、文を手渡してくる。

「赤間さまからでございます」

今宵、秋葉権現社近くの料理茶屋で宴席があり、足労すれば楠本平助に引きあわせてやるという。

心待ちにしていた誘いであった。

若い同心は名乗りもせず、足早に去っていく。

入れ替わるように、甚太郎が駆けてきた。

「何だあの野郎、しれっとしやがって」

半刻（約一時間）もまえから見世に居座り、麦湯一杯で粘りつづけていたらしい。

「甚太郎、長元坊に言伝を頼む。暮れ六つまでに秋葉権現の『大黒屋』へ来てほしいとな」

「合点承知」

甚太郎は尻をからげ、鉄砲玉のように駆けだす。

又兵衛は八丁堀の屋敷へ帰り、静香に饅頭を手渡した。

暮れ六つまでには猶予（ゆうよ）があるので部屋に籠もり、宝刀の和泉守兼定に打ち粉（うちこ）を振って拭いをかける。

そのあいだに、静香は冷や汁（ひやじる）をこしらえてくれた。

焼き味噌を冷水で溶（と）かし、半月切りの胡瓜（きゅうり）と千切りにした生姜や茗荷（みょうが）を混ぜる。げんなりする暑さで食が細くなっても、冷や汁ならば何杯でも食べられた。

着流しの帯に大小を差し、雪駄を履いて屋敷をあとにする。

静香は何かを察したようだが、黙って鑽火（きりび）を切ってくれた。

今から鬼退治に向かうのだと、桃太郎（ももたろう）の心持ちで胸につぶやく。

又兵衛は急がずに霊岸島を突っ切り、箱崎の桟橋から小舟を仕立てた。

水草の浮かぶ三つ股を通って大川へ躍りだし、吾妻橋（あずまばし）のさきまで一気に遡上（そじょう）する。

流れの疾（はや）い大川を斜めに横切り、渡し場の桟橋から向こう岸へあがった。

土手上にみえる朱の鳥居は、白狐（びゃっこ）や越後屋（えちごや）と関わりの深い三囲稲荷（みめぐりいなり）の鳥居であろう。

又兵衛は人影に乏（とぼ）しい境内（けいだい）を突っ切り、須崎村（すさきむら）の田圃道（たんぼみち）をのんびりと歩きはじめる。

暮れ六つまでには、まだ少し猶予があった。道端に目をやれば、怒りを除いてくれる合歓の花が咲いている。絹糸に似た薄紅色の花を眺めていると、なるほど、胸のあたりが楽になったように感じられた。

指定された『大黒屋』は秋葉権現社の拝殿へ向かう参道の入口にあり、大きな生け簀に魚を泳がせて客を楽しませる趣向で知られている。

日没の直前になると、周囲の田圃一帯は紅蓮に燃えあがった。

料理茶屋のほうから、大きな海坊主が近づいてくる。

「遅えじゃねえか」

笑いかけてきたのは長元坊だ。

「宴はもう、はじまっているぜ」

見上げた二階の大広間からは、笑い声が響いていた。

悪党どもは芸者や幇間も呼んで、莫迦騒ぎに興じているらしい。

「物の値段があがりすぎて、世の中にゃまともに食えねえ連中も大勢いるってのによ。おれはさっきから、無性に腹が立って仕方ねえんだ」

長元坊は吐きすて、左の掌に右の拳を叩きつけた。

怒りに任せて正面から躍りこみ、こてんぱんに痛めつけてやりたいところだが、早まってはならない。

「わかっているさ。油断のならねえやつらだ。たぶん、おめえの命を取る気だぜ」

「まんがいちのときは、骨でも拾ってくれ」

「任せておけ。って、おい、縁起でもねえことを言うな」

雁首を揃えた悪党は三人、勘定組頭に昇進した楠本平助の左右には赤間主水之介と三州屋清右衛門が侍り、下座には楠本の配下や赤間の配下も控えているはずだ。

なるほど、ひとりでは手に余る。頃合いをみて、加勢してもらったほうがよかろう。

いざというとき、頼りになるのは長元坊しかいない。幼い頃からそうだ。多勢に無勢で危ういときは、いつも助けてくれた。近くにいてくれるだけで不安は消し飛んだが、又兵衛は礼を口にしたことがない。ことばには出さずとも、おたがいの気持ちは通じている。

「いっち手強えのは、楠本平助だぜ」

「ああ、そうだろうな」

一対一の情況をつくり、不意を衝いて仕留めるのが得策だろう。ただし、そうできるとはかぎらない。

「又よ、ひとつだけ確かめさせてくれ」

「何だ」

「悪党どもに縄を打って、手柄をあげる気じゃあんめえな」

「ふん、そんなことはな、これっぽっちも考えておらぬさ」

「だったら、こいつは手首を断たれた海月侍の弔い合戦か」

「いいや、ちがう」

世間を謀る悪党に、煮え湯を呑ませてやりたいのだ。

「へへ、どっちにしろ、遠慮することはねえな。兼定は抜くんだろう」

「ああ、抜く」

「峰打ちもなしだぜ。それほど甘え相手じゃねえ」

「わかっておるさ」

長元坊をその場に残し、又兵衛は料理茶屋の表戸を開けた。

十畳ぶんの広さはありそうな生け簀には、大小の魚が悠然と泳いでいる。

「ようこそ、お越しくださりました」

手代らしき男があらわれ、さっそく奥の大階段から二階へ案内された。

大広間では幇間が踊り、芸者たちは嬌声をあげ、客は酒を呑みながら陽気に騒いでおり、誰ひとり気づく者もいない。

又兵衛は刀を鞘ごと抜いて座り、客の数と配置を確かめた。

上座のまんなかには、鬢の反りかえった楠本平助が偉そうに座っている。

白塗りの芸者を隣に侍らせ、赭ら顔で盃をかたむけていた。

少し離れて、両脇に赤間と三州屋が座り、こちらも芸者に酌をさせている。

楠本の配下はふたり、赤間の配下は文を携えてきた小銀杏髷の若い同心だけだ。

「ぜんぶで六人か」

つぶやいたところに、上座のほうから声が掛かった。

「はぐれめ、来ておったのか」

赤間が首を差しだし、手招きしてみせる。

又兵衛は刀を摑み、中腰で上座に近づいていった。

十四

赤間に導かれ、上座に向かって正座させられた。

正面の楠本までは二間ほど、この間合いならば跳べると、又兵衛はおもった。

修得した香取神道流には「抜きつけの剣」という秘技がある。正座した状態から飛蝗のように跳躍し、中空で抜刀しながら相手の喉や胸を狙うのだ。意表を衝く突き技ゆえ、相手に気取られてはならない。

楠本は左手を脇息に置いて、右手で芸者から酌を受けている。ただし、脇息のすぐ脇に刀を置いており、即座に摑んで抜刀できるようになっていた。

「おぬしが、はぐれか」

存外に疳高い声が耳に聞こえてくる。

「赤間に聞いたぞ。穀潰しのくせに、悪知恵だけははたらくようじゃな」

はぐれと綽名される昼行燈が剣客であるはずもないと、ここに集う誰もが嘗めてかかっているようだった。

ありがたいと、又兵衛はおもう。

ふと、床の間に掛かった軸が目にはいった。

軸には大黒天の絵とともに、太い墨文字で「休息万事」と書かれている。

万事を休息する。万事休すとは、窮地に追いこまれることだが、禅寺ではそう教えられない。日常の煩雑な物事を、いったん断ちきってみる。そうすれば何にもとらわれない本来のおのれがみえてくる。それゆえ、何も考えずに座禅を組めと教えられる。

おもいがけず、よいことばに出会った。敵中にあっても平常心を保つ方法は、寄辺となることばを胸につぶやいてみることかもしれない。

――万事休す。

秘かにつぶやくと、何やら気持ちも楽になってきた。

「おい、あれを」

楠本は赤間に顎をしゃくり、塗りの平椀を持ってこさせた。

芸者たちが銚子を持ちより、五合は優にはいる平椀になみなみと酒を注ぐ。

赤間が薄笑いを浮かべ、平椀をそっと運んできた。

上座から疳高い声が掛かる。

「わしらの仲間になりたければ、それをひと息で呑み干せ」

「えっ」

膝前に置かれた平椀を覗きこみ、又兵衛は顔をしかめた。

「ご勘弁を。それがし、下戸にござれば」

「下戸ならば、なおさらおもしろい。余興じゃ、呑め」

呑まねば、刀でも抜きそうな勢いだ。

まことは下戸ではないが、これほどの量を一気に呑むと、このあとの動きに乱れが生じかねぬ。

――万事休す。

又兵衛は胸につぶやき、平椀を両手に抱えた。

「重うございます」

「さもあろう。ふふ、情けない顔をするな。ほれ、早う呑め」

覚悟を決め、平椀を徐々にかたむける。

喉仏が上下する様子を、誰もが固唾を呑んで見守った。

又兵衛はごくごく喉を鳴らしながら、心形刀流の剣理を考えている。

――心を練るを第一とし、使う刀は刃渡り二尺三寸、反りは三分で血樋は深く、柄は七分で柄糸の巻きは片捻りの中菱にいたす。奥義の無拍子は気合いを発せず、太刀も合わせず、相手の攻めを巧みに外し、下方から手首を狙う技にて。上段、袈裟、逆袈裟、払いと攻め手は流れるような変化を好むが、唯一、突きだけは死刀として嫌悪するものなり。

又兵衛は呑みきった。

空の平椀を逆さにし、目玉をひっくり返してみせる。

「ふはは、呑みおった」

楠本は腰を浮かせ、笑いながら手を叩く。

ほかの連中もつられて、手を叩きはじめた。

そこへ、大音声（だいおんじょう）が響いてくる。

「余興は仕舞（しめ）えだ。怪我（けが）をしたくねえやつは、部屋から出ていけ」

長元坊にほかならない。

大きな海坊主の迫力に気圧（けお）され、誰もが呆気（あっけ）に取られている。

今だ。

前触れもなく、又兵衛は跳んだ。

中空で兼定を抜刀し、切っ先をまっすぐ的（まと）に振りむける。

「のわっ」

楠本は咄嗟（とっさ）に身をかたむけ、左手で刀を鷲摑（わしづか）みにした。

右手を柄に添え、はっとばかりに抜刀しかける。

「ぬぐっ」

つぎの瞬間、楠本の顔が歪んだ。

柄を握ろうとした右手首がない。

ぶしゅっと、鮮血が噴きだした。

又兵衛の突きは死刀にあらず、楠本を仰け反らせつつ、一瞬の小手打ちで右手首をものの見事に断っていたのだ。

「ひぇっ」

悲鳴をあげたのは、かたわらの三州屋であろう。

這いつくばって逃れたさきには、長元坊が立ちはだかった。

「おめえは逃がさねえ」

石の拳が突きだされる。

——ぐしゃっ。

三州屋の鼻が陥没(かんぼつ)した。

夥(おびただ)しい血が畳を濡らす。

配下たちが慌(あわ)てふためくなか、又兵衛は嘔吐(おうと)を繰りかえした。

自分の喉に指を突っこみ、一気に呑んだ酒を吐きまくる。

右手首を失った楠本が、嘔吐物にまみれて震えていた。

「はぐれめ」

背後から、赤間が本身で斬りつけてくる。

又兵衛は振りむきもせず、逆抜きの太刀で一刀を弾いた。
――きいん。
すかさず反転し、充血した目で相手を睨めつける。
「うわっ、待て」
赤間は狼狽えた。
一合交え、力の差を思い知ったのだろう。
又兵衛は肩の力を抜き、だらりと刀を提げた。
「くっ」
赤間が起死回生の一撃を狙い、青眼突きを繰りだす。
又兵衛は鬢の脇で躱し、すすっと懐中に滑りこんだ。
刀の切っ先ではなく、反対の柄頭で相手の顎を砕く。
これも秘技、柄砕きであった。
赤間は声もなく、その場に頽れてしまう。
「ぬはは、ざまあみろ」
振りむけば、長元坊が豪快に笑っていた。
足許には、三人の月代侍が転がっている。

又兵衛は納刀し、ふらつきながらも歩きだした。

「おい、大丈夫か」

「ああ、ちと呑みすぎた」

「そりゃまあ、そうだろうな」

悪党どもの始末は、桑山大悟に任せておけばよかろう。

そのために、甚太郎を南茅場町の大番屋にも走らせた。

「とりあえず、こいつら、逃げねえようにふん縛っておくか」

「頼む」

又兵衛は頭を垂れ、そのまま畳に膝を屈した。

すべて吐ききることができず、残った酒のせいで酔いがまわったのだろう。

大の字に横たわると、格子天井がぐるぐるまわりはじめる。上から覗きこむ長元坊の顔も回転し、やがて、又兵衛の意識は渦潮のなかへ呑みこまれていった。

十五

半月後。

水無月晦日は夏越しの祓い、又兵衛は静香を連れて近くの社へ向かい、茅の輪を潜って厄除けを祈願した。昨日はいまだ明け初めぬうちに屋敷をあとにし、主税と亀と静香を連れて上野の不忍池へ向かい、蓮見舟を仕立てて紅白の蓮を楽しんだ。

いまだ暑さは弛む気配がないものの、池畔や社を渡る風が心なしか涼しげに感じるのは気のせいか。

非番ゆえに午後はひとりで散策でもしようと、永代橋のほうまで足を延ばす。

長大な永代橋は渡らず、小舟を仕立ててゆったりと大川を遡上する。

艫に座ってふんぞり返り、手をだらりとさげて冷たい川面に浸してみた。

「気持ちいいな」

老いた船頭は行き先も聞かず、棹をさしたり引っこめたり、煌めく川面に目を細めつつ、巧みな棹さばきを眺めるともなしに眺めていると、船頭がのんびりした口調で尋ねてきた。

「旦那、何処へつけやしょうか」

向かうさきには雲ひとつない蒼天が広がり、両国の大橋が弓なりに架かっている。

左手の土手際に、薬研堀が近づいてきた。

「そこを左に。船宿があるだろう」

「『みよし』でござんすね」

船頭は薬研堀に船首を捻じいれ、そのまま船宿の桟橋へ纜を投じる。

「おいでなされまし」

若い女将が纜を拾いあげた。

おりょうである。

桟橋に降りた又兵衛をみつけ、嬉しそうに袖をひるがえす。

「おまえさん、おまえさん、はぐれの旦那がおみえだよ」

船宿の軒先には、向日葵が何本か並んで咲いていた。

おりょうの呼びかけに応じて、大柄の男がすがたをみせる。

「これはこれは、よくぞ来られた」

元気そうな顔をみせたのは、川端源内にほかならない。

髪は町人髷に変わり、どことなくこざっぱりしてみえる。

「おかげさまで、すっかりよくなり申した。ほら、このとおり」

朗らかに笑い、失った右手首を掲げてみせた。

又兵衛はにっこり笑う。

「そいつはよかった」

「利き手を無くしたおかげで、侍に見切りをつけることができ申した。それだけではない。おもいがけず、掛け替えのないものを手に入れられた」

川端にみつめられ、おりょうはぽっと頬を染める。

船宿の奥からは、良太も飛びだしてきた。さらに驚いたことには、寝たきりだった大吉までが、足を引きずりながら自力で歩いてくる。

川端は笑った。

「侍を辞めても、海月は海月にござる。ろくに手伝いもせず、何から何までおりょうに任せっきりで」

そんなことはないとでも言いたげに、おりょうは首を横に振る。

川端がそばにいてくれているだけで、どれだけ励みになり、安心なことか。

又兵衛にも、おりょうの気持ちは手に取るようにわかった。

ともあれ、世の中は何が功を奏するかわからない。

三州屋清右衛門と青鷺の与次郎は、種油の買い占めに関わった罪で斬首となった。

一方、勘定組頭に昇進したばかりの楠本平助と定橋掛の赤間主水之介は、御役目不首尾というあやふやな罪状で切腹の沙汰を受けた。配下たちも御役御免となり、所払の沙汰を受けて江戸を去るしかなかった。

まことの罪状が表沙汰になれば、幕府の威信にも関わってくる。そのため、老中の判断で、すべては隠密裡に処理されたのだ。もっとも、楠本は自分で小さ刀を握ることができず、斬首と何ら変わらぬやり方で落命するしかなかった。

川端はもちろん、又兵衛の関与を知る者は町奉行所にはいない。約束どおり、桑山大悟は沈黙を守ってくれたので、大袈裟なはなしにならずに済んだ。

ふと、耳を澄ませば、露地裏から油売りの売り声が聞こえてくる。

「お油よろしゅう、油でござい」

「おや、あの声は……」

川端も聞いたことがあるのか、顔を横に向ける。

錆びついた声の持ち主は、御年九十五の清兵衛にちがいない。

「……あの爺さま、まだ江戸におったのか」

暦が替わって早々にも、江戸市中に油の直売りを禁じる触れが出される。清兵衛はぎりぎりまで、手持ちの油を売りつづける気なのであろう。

「精が出るな」

本人はいっこうに辛くないはずだ。
油を売って歩くのが、長生きの秘訣なのである。
清兵衛の売り声が聞こえなくなるのは、少しばかり淋しい。
それでも、薬研堀の小さな船宿には、向日葵の花が咲きつづける。
「はぐれの旦那、麦湯でも一杯いかがです」
おりょうに袖を引かれ、又兵衛は嬉しそうにうなずいた。

閻魔裁き

一

暦が文月に替わっても、夏の温気は去る気配もない。

「立秋とは名ばかりだな」

裃に半袴を着けた又兵衛は三つ股の辻をひょいと曲がり、商家の裏庭を囲う生垣のほうへ近づいた。

群生する葛の蔓を手繰りよせ、茎をちぎって水滴を啜る。

「ふう、美味い。葛水は渇きを医する甘露なり、か」

以前にも出仕の途上で道草をし、同じ句を捻ったような気がする。

ざざあっと、涼しげな水音が聞こえてきた。

生垣の狭間から裏庭をみやれば、内儀らしき黒髪の女が盥で行水をしている。

熟れた乳房に生唾を呑みこむと、内儀がこちらに気づいて流し目を送ってきた。

「おいしゅうございますか」

と、声を出さずに、唇だけで問いかけてくる。

「うっ」

あまりの妖艶さにくらりとなりながらも、どうにかその場を逃れた。

数寄屋橋の大路を小走りに進み、橋を渡って南町奉行所の御門を潜る。

那智黒の小石が敷きつめられた甃を通り、ようやく玄関へたどりついた。

若い与力に挨拶をされても気は漫ろ、ただでさえ使いものにならぬ例繰方のこれが出仕風景にほかならない。

御用部屋に顔を出せば、さっそく中村角馬が身を寄せてくる。

「沢尻さまの試問じゃ。平手よ、今から行ってくれるな」

蠅のように両手を擦り、小心者は情けない顔で拝んだ。

本来は部屋頭の中村が受け答えせねばならぬところだが、いつも都合が悪いだの腹が痛いだのと泣き言を漏らし、梃子でも動こうとしない。

又兵衛は仕方なく、黙って部屋をあとにした。

すると、廊下の向こうから、狡猾そうな鼠顔が近づいてくる。

「はぐれ、何処へまいる。まさか、内与力の御用部屋ではあるまいな」

年番方筆頭与力の「山忠」こと、山田忠左衛門であった。

御奉行の筒井伊賀守を除けば、最古参の自分が奉行所のなかで一番偉いとおもっている。筒井の右腕と目される内与力の沢尻玄蕃とは反りが合わず、堅固な派閥を築いて抗おうとしていた。

「おぬしごときがどう動こうと、誰ひとり気にも留めぬ。されどな、わしは我慢ならぬのじゃ。旗色を鮮明にせぬ者がひとりでもおることがな。わしにつくのか、沢尻につくのか、この際、はっきり聞いておかねばならぬ」

「はあ」

生返事をしながら、胸中に「牛の糞にも段々」とつぶやく。

所詮は蝸牛角上の争い、奉行所で一番偉い「山忠」も牛の糞にすぎない。

「わしはこうみえて、面倒見のよい男ぞ。沢尻はどうじゃ。何を考えておるのかもわからぬではないか。それにな、大きな声では言えぬが、御奉行が別のお方に替われば、内与力もいなくなる。所詮は腰掛けよ。腰掛けに尻尾を振るのは阿呆な犬だけじゃ。おぬしが阿呆犬ならば、二度と呼びとめはせぬ」

じっと睨みつけられても、又兵衛は返事をしない。

山忠は鼻白み、屑だの阿呆だのと悪態を吐きながら遠ざかっていった。

虫の居所でも悪かったのであろうと暢気に構え、廊下の奥まで進んで御用部屋の襖越しに案内を請う。

「例繰方の平手又兵衛、罷り越しましてございます」

「ふむ、はいれ」

紙と墨の匂いがする御用部屋に身を入れると、閉じた扇子の先端で対座する位置へと誘われた。畳を滑るように膝行するや、上座の沢尻は糸のように細い目をさらに細くさせながら、淡々と試問をはじめる。

「半期で扱った公事は何件になる」

「一千九百九十一件になります」

「吟味物は何件じゃ」

「五百十一件にございます」

「合わせて約二千五百件か。それだけの数を御奉行は御白洲で裁いてこられたわけじゃな」

もちろん、訴訟人と相手方がいる公事ならば吟味方が目安糺をおこない、罪人を裁く吟味物も下吟味をおこなったうえで上申する。上申の際に類例を添えるのが例繰方の役目だが、その時点で沙汰の中味はほぼ決まっていた。

　とはいえ、町奉行は市政全般に目を光らせながら千代田城で幕政にも参与し、なおかつ、二千五百にもおよぶ上申書に目を通したうえで、沙汰を下す白洲にはかならず顔を出さねばならない。

　誰がどう考えても、激務であろう。

　ところが、奉行の筒井伊賀守はさほど苦にしているようにもみえない。昌平黌(しょうへいこう)きっての秀才と評されるだけあり、上申書の読みも理解も早く、的確にてきぱきと案件をこなす。むしろ、下支えをする配下たちのほうがたいへんで、なかでも、内与力の沢尻は誰よりも自分が有能でなければならぬとおもいこんでいるようだった。

「されば、罪人に科すべき刑罰を述べよ。喧嘩(けんか)口論から人を殺(あや)めた者を義理で匿(かくま)った町人等はどうなる」

「叱責(しっせき)のうえ放免にいたします」

「拝領屋敷(はいりょうやしき)の一部を楊弓場(ようきゅうば)にして所場代(しょばだい)をせしめた大番方(おおばんかた)は」

「御屋敷召上(めしあげ)のうえ差控(さしひかえ)になります」

「されば、朱印地(しゅいんち)の寺社領を質入れした者は」

「江戸十里四方追放にいたします」

「されば、寺の銅瓦を盗んで売った山伏は」

「斬首にございます」

「その山伏を御白洲に座らせるとすれば、上椽、下椽、砂利のいずれか」

「山伏が聖護院統轄の本山派、もしくは醍醐三宝院統轄の当山派ならば、上椽にございます。いずれにも属さぬ道心者ならば、砂利にございます」

矢継ぎ早の問いには馴れているので、又兵衛は遅滞なく応じてみせる。

沢尻はいっこうに、攻め手を弛めようとしない。

「近頃は小火が多いな」

「はっ」

「されば、平日の小火の火元は」

「十日以上百日以下の押込にございます」

「祭日ならば、どうなる」

「敲きにございます。ただし、いずれも血縁以外で怪我人が出れば所払、同じく死人が出れば死罪にございます」

沢尻は無表情のまま、わずかにうなずいた。

「淀みなくこたえたな。いつぞやか、中村が申しておったわ。平手又兵衛の特技と申せば、唯一、幕初からの類例をことごとく諳んじられること。それゆえ、字引代わりに使い倒していただきたいとな。部屋頭からさように言われて、どうおもう。口惜しくないのか」

「いっこうに」

「ふうん、ならば使い倒してやるか」

細い目で睨まれても、いっこうに恐くない。又兵衛は平然と応じてみせる。

「それがしの申したこと、すべて真に受けるお覚悟がおありなら、使い倒していただいてもけっこうにござります」

「まちがえることもあると申すのか」

「はてさて、まちがいは本人の気づかぬときに生じるもの。とどのつまり、沢尻さまはそれがしの申したことを逐一調べなおさねばならず、二度手間になりましょう。最初から分厚い例類集をお捲りになったほうがよろしいかと」

「ほほう、そうきたか。あいかわらず、口の減らぬ男だな。わしの子飼いになれば、よい目をみさせてやるに。どうやら、拒むつもりらしい」

「いかようにも、お受けとりくださいい」

「ふん、まあよい。ところで、湯島天神の境内にある『松金』は存じておるか」

「二階座敷から町並みを一望できる料理茶屋にござりますな」

見世にあがったことはないが、女坂をのぼりきったあたりにあるので、楼閣風の外観は知っている。

「今宵、歌詠みの連がある。わしは所用で参じられぬゆえ、代わりにおぬしが足労し、さらりと歌を詠んでまいれ」

「さらりとでござりますか」

「歌を詠むのが嗜みであったはず。ほれ、ちょうど一年前のはなしじゃ。わざわざ誘ってやったであろう」

永代寺門前の『二軒茶屋』において、金満家の集う歌詠みの会が催された。文月にちなんだ「泥鰌」「親孝行」という二題で歌詠みを競い、又兵衛は見事に二席を射止めてみせ、一席を射止めた稲美徹之進という元岸和田藩士の知己も得た。

ところが、催しに参じる目的は別にあり、又兵衛は隠密まがいの探索をさせられた。紆余曲折のすえ、肝煎りの櫛屋が和泉櫛の囲い荷で罪に問われ、又兵衛が連に参加することもなくなった。

「無論、別の連じゃ。こたびは桂無月斎なる御数寄屋坊主の組頭が差配する会でな、無月斎は諸大名や御殿女中の茶も点てる坊主らしい。作法にうるさいとの噂もあるゆえ、ちと面倒臭うてな。一年前のように、何か裏があるわけではない。内与力としてのつきあいにすぎぬゆえ、気楽に一句詠んでまいれ」

額面どおりに受けとるわけにはいかぬ。

一年前のように、悪事を探索するはめになるのではないか。

沢尻は意味ありげに笑ってみせるが、腹のなかまでは読めない。

又兵衛は仕方なく承諾し、御用部屋をあとにするしかなかった。

二

宵の口、湯島天神の門前に建つ『松金』の二階座敷から眼下を遠望すると、湯島の切通や池之端の町並みが広がっていた。七夕になれば、家々の屋根に飾られた無数の短冊竹が風に揺れる壮観な景色を堪能できるという。

数寄屋坊主の組頭が催す歌詠みの会には、絹地の召しものを纏った金満家が大勢集まっていた。ほとんどは商人で、武士も少しは交ざっている。一見して不浄役人とおぼしき者はおらず、旗本であれば三千石取り以上の御大身か、藩士であれば重臣にしかみえぬ年恰好の連中だった。

みなに共通するのは、三度の飯よりも歌詠みが好きということであろう。かく言う又兵衛も歌を捻りだすのは嫌いではないが、景品を競ってまで詠みたいとはおもわない。本音ではささやかな嗜みに留めておきたいものの、お題を与えられれば沸々と闘志が湧いてきた。

大広間の上座には、頭を青々と剃った御数寄屋坊主たちが並んでいる。まんなかに座るいかにも偉そうな人物が、御三家や御三卿の殿さまにも茶を点てる桂無月斎のようだ。

すでに、宴ははじまっており、芸者衆もちらほら見受けられた。蝶足膳に豪華な酒肴も用意され、客たちは和気藹々と酒を酌みかわしている。

少し遅れてあらわれた又兵衛は誰とも喋らず、年増芸者に酒を注がれては黙々と呑んでいた。声を掛けてもらえぬのは、やはり、髪の結い方で不浄役人とわかるからであろうか。

場が盛りあがるなか、無月斎のかたわらに侍る若い坊主が立ちあがった。

「今宵お集まりいただいた皆々さま、それがしは丹阿弥と申しまする。平常は千代田城の表向きで御用を承っております。今よりお題を申しあげますので、お手許の短冊に浮かんだ句をお書きください」

一定の刻限以内に書き留められた短冊は、大鉢を抱えた坊主衆が集めてまわる。

集めた句のなかから無月斎ほかの選者が一席と二席を選び、席上で披露したあと、褒美を下賜するという趣向であった。

「されば、お題を。藪入り、もしくは、宿下がりにござります。おひとりにつき二句までお出しいただいてもかまいませぬ。さあどうぞ、お書きください」

やり方は、ほかと変わらない。連をかけ持ちしている者も多いので、戸惑う様子の者はおらず、みな、すらすらと筆を動かしはじめる。

又兵衛の頭にも、さっそく一句浮かんだ。

――親の顔ほとけにみえる閻魔堂。

文月十六日の藪入りは、奉公人たちが正月のほかに唯一休むことができる日だ。さらに、閻魔の斎日でもあった。親元へ戻った丁稚小僧が喜びを隠しきれぬ両親を連れ、いそいそと閻魔堂詣りに向かう。又兵衛の脳裏には、そんな情景が浮かんだのである。

――藪入りに詣でて恐い閻魔顔。

という句も口ずさんでみたが、大鉢へ投じたのは最初に浮かんだ一句のみだ。与えられた猶予は短く、すぐさま二杯の大鉢が大広間をめぐり、鶴亀の描かれた金屏風の裏で選者たちの厳正な評定がおこなわれる。

顔を火照らせた選者たちが、やがて、上座の周辺へ戻ってきた。

丹阿弥が短冊を携え、声を張りあげる。

「さればまず、二席の句を」

座を盛りあげるかのごとく、おおっと歓声が湧いた。

しんと静まるのをみはからい、丹阿弥が短冊を顔に近づける。

「荒れた手で井戸水汲みて箔をつけ」

大奥奉公の娘たちに与えられる「宿下がり」のほうを詠んだものだ。

選者代表の無月斎が座ったまま、重々しく寸評を口にする。

「こちらのお方は、皮肉を込めてお詠みになったに相違ない。手がどれだけ荒れても、毎日の水汲みだけは止められぬ。大奥奉公という箔さえつければ、嫁入り話は引く手あまた。それゆえ、途中で辞めるわけにはいかぬ。外見は派手やかなれど、そのじつは厳しい。御女中奉公の情景がよくわかります」

無月斎が横を向いてうなずくと、丹阿弥がまた喋りだした。

「されば、一席の句をご披露いたします」

いよいよの段になり、又兵衛は柄にもなく緊張しはじめる。

「一席は二句ござります」

丹阿弥はわざとらしく、溜(た)めをつくった。

「されば、最初の一句を。宿下がり指折り数え待つ娘」

「……やはりな」

自分の句でないとわかり、肩の力が抜けた。

すかさず、無月斎の寸評がはいる。

「やはり、宿下がりのお題にござります。正月以来、半年ぶりとなる再会。娘を待ちわびる親の気持ちが手に取るようにわかる句にござる」

いよいよ、最後の一句となった。

あきらめが早い又兵衛に、さきほどまでの緊張はない。

丹阿弥の声が、耳に飛びこんできた。

「親の顔ほとけにみえる閻魔堂」

えっと耳を疑っているあいだに、無月斎の寸評がはじまった。

「いかがでしょう。親の顔ほとけにみえる閻魔堂。面立(おもだ)ちの相反するほとけと閻魔の並びが見事にござります。こちらを詠まれたお方は、どなたかな」

「……そ、それがしにござる」

又兵衛は怖(お)ず怖(お)ずと手をあげ、のっそり立ちあがった。

催しに参じた者たちの目が、一斉に末席へと注がれる。

称賛の眼差しには、羨望も色濃く混じっていた。

「ご姓名を」

丹阿弥に促され、又兵衛は低声で素姓を告げる。

連においては、身分や貴賤の別を問わぬという不文律があり、又兵衛が不浄役人だとわかっても、誰ひとり眉をひそめる者はいない。

同じく一席になったもうひとりの素姓も告げられた。

摂津屋理右衛門、日本橋南の中橋広小路に店を構える煙草問屋の主人で、どうやら、無月斎とも浅からぬ関わりの常連らしい。じつは、二席となった「荒れた手で井戸水汲んで箔をつけ」という句も、摂津屋の詠んだものだった。

誰もが察するとおり、一人娘を大奥奉公に出しているという。そうでなければ、あれほど気持ちの籠もった句を捻りだすことはできまい。

ふたたび座は賑やかになり、銚子を手に挨拶にくる連中も増えた。

歌を詠む骨法などを教えてほしいと頼まれても、格別に教えることはない。

はなしが繋がっていかぬため、近寄ってきた連中はすぐに離れていった。

そうしたなか、同じく一席に選ばれた摂津屋がいそいそとやってくる。

「平手さま、まずはお近づきのしるしに」

　上等な諸白を注がれ、又兵衛はくっと盃を呷った。

「されば、ご返盃を頂戴いたします」

　摂津屋も同じ盃を干し、赭ら顔でにっこり笑いかけてくる。

　年は五十前後、物静かで好感の持てる人物だなと、又兵衛はおもった。

「宿下がりまで、あと半月足らずか」

「詠んだ句のとおり、待ち遠しゅうございます。平手さま、お子さまは」

「まだおらぬ。なれど、娘を持つ父親の気持ちはようわかる。半年も離れておれば、さぞかし辛かろうな」

「辛うございます。産後の肥立ちが悪くて逝った内儀の忘れ形見でもございますゆえ」

「さようであったか」

「それでも、大奥奉公を二年つとめれば箔がつきまする。良縁に恵まれるためには、辛いだの淋しいだのと泣き言を吐いてはおられませぬ」

「なるほど、立派な心懸けだ」

　自分にはまねできまい。

市井の娘にとって、大奥は憧れの場所であり、よほどの縁故でもなければ奉公は許されなかった。ただ、大奥には得体の知れぬ闇があると又兵衛はおもいこんでいるので、おそらく、一人娘を奉公に出す勇気はなかろう。

「平手さま、僭越ながらひとつご忠告を」

摂津屋は身を寄せ、声を一段とひそめる。

「こののち、無月斎さまはお持ちになった御茶道具を数多並べられ、即興で競り売りをはじめられます。何度も催されてきた恒例の競り売りにございますが、けっして口外してはならぬと釘を刺されるやもしれませぬ。そのときは、抗わぬほうがよろしいかと。余計なことかもしれませぬが、老婆心ながらお伝え申しあげました」

「茶道具の競り売りか。よくわからぬが、心しておこう」

「されば、手前はこれにて」

気楽に店を訪ねてほしいと言い残し、摂津屋は末席から離れていった。

それと入れちがいに、丹阿弥が気配もなく近づいてくる。

「平手さま、どうぞ、上座へ。茶頭が一席の景品をお渡ししたいと申しております」

促されて席を立ち、嫌々ながらも上座へ向かう。

待ちかまえていた無月斎は座りなおしもせず、濁った眸子をぎょろりと向けた。

「ご姓名をもう一度伺っても」

「平手又兵衛にござる」

「さよう、平手どのであられたな。沢尻さまもずいぶんおひとが悪い。よりによって、内勤の与力をお寄こしになるとは」

役立たずを寄こしたような口振りである。横柄な態度にも怒りを感じたが、顔には出さずにおいた。

「それがしは一介の御数寄屋坊主なれど、御城におれば大奥の御女中たちや御大名衆からさまざまな厄介事を頼まれます。やれ、血縁の者が刃傷沙汰に巻きこまれただの、配下の者が市中で大喧嘩をしただの、揉め事の始末をあれこれお願いしておるのに、近頃の沢尻さまは頬被りをしておられる。これからも揉め事が起こったときは、よしなにお取りはからいをと、平手さまからお伝えいただきとうござります」

「はあ」

「おっと、忘れるところじゃ。丹阿弥、あれを」

「はい」

丹阿弥が桐箱を抱えてくる。

ひらいてみると、楽焼の黒い茶碗がはいっていた。

「通称は大黒、長次郎の手になる黒楽茶碗にござる。不浄役人に差しあげるにはもったいない逸品なれど、それがしの取り仕切る会の一席に与えるには、ふさわしいお品かと。どうぞ、お持ち帰りを」

辞去したほうがよさそうな雲行きで、又兵衛としても長居する格別な理由はない。茶道具の競り売りとやらをみてみたい気もしたが、摂津屋の助言を信じれば粘り腰で居座るのは得策ではなかろう。

又兵衛は誰かに見送られることもなく、ずっしりと重い桐箱を小脇に抱えて座敷を出た。

三

三日後の夕刻、又兵衛は奉行所での役目を終えたあと、ふとおもいたって京橋から日本橋のほうへ足を向けた。

江戸市中でも随一の目抜き通りには、誰もが知る大店が軒を並べている。南伝馬町を三丁目から一丁目までたどり、中橋広小路の四つ辻で右手をみやれば、南西の角に建つ平屋の屋根に『摂津屋』という看板が掲げられていた。

歌詠みの会で同じ一席に選ばれた煙草問屋を訪ねてみようとおもったのは、茶道具の競り売りを口外してはならぬという摂津屋理右衛門の台詞が気になっていたからだ。景品の黒楽茶碗も貰ったままにしておいてよいものかどうか、何か裏事情があるのならば聞いておきたい。

店の間口はさほど広くもないが、奥行きはかなりあった。

土地の広さは三十坪程度であろうと、又兵衛は見当をつけた。

隣接する奥の敷地では古い家作を解体しており、濛々と塵芥の舞うなか、荒っぽい連中の怒鳴り声や槌音が響いている。

「運が悪いな」

出直そうとおもって背を向けると、店の奥から声が掛かった。

「もしや、平手さまでは」

顔をみせたのは、主人の理右衛門である。

「わざわざお越しくださったのですね。さ、どうぞどうぞ」

袖を引かれるように誘われ、敷居をまたいだ途端、刻み煙草のよい香りがしてきた。

「むさ苦しい店にございますが、奥の客間へどうぞ」

「いや、それにはおよばぬ。こちらでよい」

又兵衛は刀を鞘ごと抜き、上がり端に腰を下ろす。

「ちょっと立ち寄っただけだ」

「かしこまりました」

手代や丁稚がいるにもかかわらず、理右衛門はみずから茶を淹れてくれた。

「ついでに、こちらを」

携えてきたのは、黒漆を施した提煙草盆である。

銀煙管も二本揃えてあり、刻み煙草も何種類か用意されていた。

さすがに日本橋の中橋広小路に店を構える卸元だけあって、全国津々浦々から名産の煙草が集まってくるのだろう。

「国府、館、竜王、舞、小山田、松川、秦野、なんでも揃っております。お好きなお品があれば、仰ってください」

「はて、煙草は格別に詳しくないのでな」

又兵衛は応じながら、ずるっと温い茶を啜る。喉が渇いていたので、ごくごくと喉を鳴らして一気に呑んだ。

と、そこへ、煙草の行商らしき若者がやってくる。

「お、仙次郎か。ちょうどよいところに来た。賃粉切を頼まれてくれぬか」

「お安いご用で」

仙次郎は又兵衛に目顔で挨拶し、さっそく土間に道具を並べはじめる。

刻み煙草を量り売りで売る行商のなかには、葉煙草を刻む賃粉切を得手とする者もあった。

理右衛門は葉煙草を束で持ってくる。

「これを頼む」

「合点で」

仙次郎は受けとった葉煙草に一枚ずつ霧吹きをし、太い葉脈を器用に取り除いた。さらに、葉煙草を束にまとめなおして固く縛り、切台のうえに置いて駒板をあてがう。そして、這いつくばるように上からのしかかって葉を押さえ、御方包丁と呼ばれる大きな包丁で素早く葉を刻んでいった。

露地裏などでもよく見掛ける光景だが、仙次郎の賃粉切は小気味よく、いつまで眺めていても飽きない。

「まだ二十四にござりますが、刻みの腕は江戸一だとおもいます」

「ふむ、たしかにな」

理右衛門の言うとおりだ。同じ幅で糸のように包丁で刻む技は、一朝一夕(いっちょういっせき)で身につくものではない。一年中、朝から晩まで真面目に稼いできた証(あか)しだろう。

「おまちどおさまにござります」

さほど手間も掛けず、刻み煙草ができあがった。

理右衛門は銀煙管を拾い、みずから火皿(ひざら)に刻み煙草を詰める。

「さ、平手さま」

「ん、すまぬな」

又兵衛は煙管を受けとり、火皿に火を点(つ)けた。

すぱっとひと口吸い、長々と煙を吐きだしてみせる。

仙次郎が緊張した面持(おもも)ちで覗(のぞ)きこんできた。

理右衛門は余裕の笑みを浮かべている。

「お味のほうは、いかがにござりましょう」

「美味いな」

正直、今まで喫(す)った煙草のなかで一番美味い。

「ようござりました。その葉煙草は、香りと柔らかみが売りの服部にござります」

「服部か、これが」

摂津国島上郡服部村の名産で、あまりにも高価なため、庶民は手を出すことができない。大名か廓一の花魁しか喫えぬ代物だと聞いていたので、又兵衛は驚きを禁じ得なかった。

「服部を切らせてもらえることなんざ、一生に何度もござんせん。あっしも手が震えるおもいでやした」

仙次郎は興奮醒めやらぬ面持ちで、理右衛門に何度も礼を言う。

「よいのさ。おまえは身内も同然だ」

「もったいないおことば、ありがとう存じやす」

仙次郎は涙ぐみながらも、手際よく道具を片付けると、又兵衛に深々と頭をさげて去っていった。

「あいつは父親の顔を知りません。五つのときに亡くなった母親は、岡場所で春を売っておりました。かく言う手前の亡くなった女房も、ここだけのはなし、女郎あがりなのでござります。それゆえ、仙次郎のやつが他人にはおもえませぬ。御殿奉公に出した娘のおいともも、じつの兄のように慕っております」

「そうか」

いいはなしだとおもいつつ、又兵衛は「服部」を美味そうに燻らす。

「よくぞ、はなしてくれたな。希少な服部まで刻んでもらって、申し訳ない。それにしても、初対面も同然の不浄役人に、どうしてそこまでするのだ」

「平手さまとは一席を分け合った仲、勝手を言わせていただければ、とても他人とはおもえませぬ。親の顔ほとけにみえる閻魔堂、あのような見事な一句を即席で詠まれるお方が悪人のはずはない」

「これはまた、ずいぶんと買いかぶられたものだな」

笑って応じると、理右衛門も嬉しそうな顔をする。

そこへ、どすん、がたんと、大きな杵音が聞こえてきた。

「隣はずいぶん派手に壊しておるな」

「更地になさるそうです」

「持ち主は商人か」

「いいえ、大奥の御女中にござります」

半月ほどまえ、瀬山という表使に拝領されたらしい。

表使は御広敷役人との連絡役、大奥を陰で仕切っているとも噂されるほどの大役である。大奥では総支配の御年寄とこの表使だけに、町屋敷の拝領が許されていた。

　理右衛門によれば、瀬山は当初拝領された新橋の町屋敷が気に入らず、掛かりの普請奉行などにねじこんで隣の場所と交換させたのだという。目的はあきらかで、沽券金高（地価）の高い地所のほうが又貸しの収益を多く得られるからだった。拝領町屋敷は自分で住むためのものではない。幕府から御禄の一部として与えられるもので、地所からどうやって収益をあげるかは、拝領された当人の裁量に委ねられていた。

　地所をめぐる揉め事は多い。又兵衛は類例を調べる役目柄、主立った地所の沽券金高に精通している。

「中橋広小路は、土地一升に金一升の喩えがあてはまる一等地だ。隣の拝領地は旗竿の形状だが、ざっと百坪はあろうから三百両ほどでも買い手はつく。この土地に店を構えるなり、家作を建てて誰かに貸すなりしたとして、奥女中が一年で手にできる仕切地代は十五両ほどにはなろう。いずれにしろ、表使の拝領町屋敷の沽券金高は上限で五百両ゆえ、まだいくぶんかの余裕はある」

　立て板に水のごとく告げるや、理右衛門は驚いた顔をする。

「それだけではないぞ。おぬしにとっては、ひとつ嫌なことをおもいついた。もしやのはなしだが、店をたたんで土地を売らぬかと、誰ぞが言うてこなんだか」

「仰せのとおり、つい先だって、墨壺の三代治という男が訪ねてまいりました」

「墨壺か。そやつはたぶん、地面売買の口入世話人だな」

「地面売買の口入世話人」

「土地の仲介人さ。墨壺は何と申した」

「この地所を言い値で買いたいお方がいるのだが、何とかならぬかと申しました」

高飛車な態度もかちんときたが、そもそも、商売を止める気はないし、三代つづいたこの土地から移る気は毛頭ない。けんもほろろに応じると、墨壺の三代治は三日にあげずやってきて、同じはなしを繰りかえしていったという。

「じつは、昨日もまいりました。これで五度目にござります」

「ふん、よほどの実入りが期待できるとみえる。地所を買いたいお方とは、おそらく、瀬山なる御殿女中であろう。日本橋の目抜き通りに面したこの角地なら、三十坪で二百両は堅い」

つまり、みずからの拝領地と合わせれば百三十坪の正形地になり、沽券金高はお上で定められた上限の五百両ぴったりとなる。ゆえに、訴えられる恐れはない。寝ていても手にできる年間の仕切地代は、五百両の沽券金高に五分を掛けて、二十五両に跳ねあがる。強欲な御殿女中であれば、是が非でも手に入れたいと願うはずだった。

「なるほど、いちいちごもっともにございます」

「ご主人、一句できたぞ」

「伺いましょう」

「墨壺で絵図面引くは瀬山なり」

「お見事」

理右衛門はおもわず、ぱしっと膝(ひざ)を打つ。

又兵衛は得意げに煙管の雁首(がんくび)を持ちあげ、脂下(やにさ)がった色男を演じてみせた。

四

二日後、七夕。

朝未(あさまだ)き頃、中橋広小路で小火(ぼや)騒ぎがあった。

「火元は摂津屋という煙草問屋らしい」

中村角馬から聞いたのは、奉行所へ出仕した直後のことだ。

主人の理右衛門は縄を打たれ、大番屋の仮牢に繋がれているという。

「くそっ」

又兵衛は廊下の隅で地団駄を踏んだ。

不穏なことが起きる予感はあったのだ。にもかかわらず、素早く動かなかったことを今さら悔いても後の祭りでしかない。

類例調べを早めに切りあげ、又兵衛は日本橋南の中橋広小路へ向かった。

甚太郎を南茅場町の大番屋まで走らせたので、定町廻りの「でえご」こと桑山大悟も押っ取り刀でやってくるはずだ。

目抜き通りの左右に並ぶ家作の大屋根には、短冊竹がさわさわと揺れている。紙でつくった色とりどりの瓢箪に酸漿、西瓜に算盤に大福帳、願い事の書かれた短冊なども数多く見受けられたが、平常とちがう景色を楽しむ気分ではない。

露地の井戸端には大勢の人々が集まり、年に一度の井戸替えを興味深そうに眺めていたが、又兵衛は気にも留めなかった。

五日前、沢尻から小火について試問された。そのときの内容が脳裏に甦ってくる。

小火の火元となった者は、平日ならば十日以上百日以下の押込、祭日ならば敲きになると、又兵衛は応じた。ただし、いずれも血縁以外で怪我人が出れば所払、死人が出れば死罪になると、みずからの口で淀みなく応じたのだ。

もしかしたら、あの試問は禍々しいことが起きる前兆だったのであろうか。

そんなはずはないと首を横に振りながら中橋広小路までやってくると、野次馬たちが『摂津屋』の周囲に集まっている。正面から店を一見しただけでは、被害の程度がよくわからない。脇道へまわってみれば、平屋の一部が黒焦げになっている。

延焼を免れたのは不幸中の幸いだなと、又兵衛はおもった。

小火騒ぎの影響か、隣地に壊し屋たちの人影はなく、中途半端に崩れかけた家作が不気味な静けさを保っている。

「平手さま、こちらでございましたか」

大番屋から呼びつけた桑山が、脇道をたどってきた。

「おう、来たか。摂津屋の主人はどうしておる」

「仮牢の隅でじっと動かず、飯も喉を通らぬほど悄気ております。されど、責め苦を与えているわけでもないので、まあ、二、三日は放っておいても、さほど弱りはせぬかと」

「さようか」

ほっと溜息を吐くと、桑山は黒焦げになった板塀に目をやる。

「掛かりの風烈廻りによれば、付け火かもしれぬそうです。勝手口に近いあのあたりに、材木の切れ端やら干し草やらが積まれてあったとかで」

「下手人は」

「捕まっておりません」

付け火のことよりも、まっさきに確かめておきたいことがあった。

「怪我人か死人は出たのか」

桑山は表情も変えず、こっくりうなずく。

「死人がひとり出ました。黒焦げでみつかったそうですが、風体から推すと物乞い坊主ではあるまいかと」

物乞い坊主であろうがなかろうが、死人が出たことには変わりない。

理右衛門は死人を出した責を問われ、死罪に処せられる公算が大きくなった。

「くそったれめ」

又兵衛は桑山を睨み、おもいきり悪態を吐く。

桑山は呆気に取られ、石仏のように固まった。

「……ど、どうなされましたか。何やら様子がおかしゅうございますぞ」

「気にするな、おぬしに言うたのではない。付け火の下手人は、成果を見定めに戻ってくることが多い。野次馬のなかに怪しい者はおらなんだか」

「はて」

注意すら払っていないのだろう。

「ふん、馬の糞め」

今度は桑山に浴びせた悪態だったが、本人はまったく気づかない。

又兵衛は表口に戻り、野次馬のほうへ目を向けた。

つぎの瞬間、すっと顔を背けた男がひとりいる。

又兵衛は大股で歩みより、その男に声を掛けた。

「おい、ちとはなしを聞かせてくれ」

男は振りむき、とぼけた様子で自分の顔に指を差す。

「あっしですかい」

「ああ、そうだ。おぬし、名は」

「へい、三代治と申します」

「ずいぶん、顔色が悪いな」

灰色に近く、目は落ち窪んでいる。

「こいつは、生まれつきなもんで」

「おもいだした。おぬし、墨壺の三代治であろう」

「へ、まあ、この界隈じゃ、そう呼ばれておりやす」

理右衛門から聞いていた地面売買の口入世話人にちがいない。

「おぬし、摂津屋を五度も訪ねてきたそうではないか」

「よくご存じで」

「そんなに、この地所を手に入れたいのか。いったい、誰に頼まれた」

「へへ、そいつは商売柄、お役人さまにも申しあげることはできやせん」

「ならば、番屋でじっくり聞くとするか。ひょっとしたら、小火の下手人についても、手掛かりが得られるかもしれぬしな」

「お待ちを。あっしを疑っていなさるので。こいつはめえったな、お門違いにもほどがある」

ふてぶてしい態度の理由は、大物の後ろ盾を期待してのことだろう。

又兵衛は桑山に命じ、紺の早縄を取りださせた。

途端に、三代治はひらきなおる。

「おっと、縄を打つ気かい。あとで悔いても知らねえぞ。町奉行所の与力だろうが何だろうが、おれはいっこうに恐かねえんだ」

「威勢のいいやつだな。後ろ盾に伝えておけ。欲を掻けば、かならず墓穴を掘るであろうとな」

「旦那のご姓名を教えていただけやせんかね」

慇懃無礼な口を叩かれても、又兵衛は平静さを失わない。

「南町奉行所の例繰方与力、平手又兵衛だ」

「例繰方って言われても、ぴんとこねえな」

「仕方あるまい。外廻りではないからな」

「内勤の役人が、おれさまに縄を打たせようとしたわけか。こいつはどうも、解せねえはなしだな」

「後ろ盾とよく相談して、こっちの思惑を探ればよかろう。逃げも隠れもせぬゆえ、好きにやってみろ」

「へへ、そうさせてもらいやすよ。ほんじゃ」

三代治は尻をからげ、後ろもみずに遠ざかっていく。

付け火をやったのはあの男かもしれぬとおもったが、もちろん、根拠のあるはなしではない。

「でえご、あやつ、嘗めておるとおもわぬか」

「おもいますな。久方ぶりに、むかっ腹が立ちました」

「それなら、明け方前後に怪しい男をみた者はおらぬか、一町四方を虱潰しに当たってみろ」

「はっ」

又兵衛は自分の足でも周囲を隈無くまわってみようとおもった。だが、そのまえに大番屋へ足労し、理右衛門を元気づけてやらねばなるまい。上の連中にも掛けあい、真相がはっきりするまで御沙汰を待ってもらうよう、ことばを尽くして頼まねばならなかった。

いつもなら尻込みしてしまうところだが、歌詠みの会を通じてせっかく親しくなった理右衛門を見捨てるわけにはいかぬ。

「かならず、助けてやるからな」

又兵衛は覚悟を決め、固く閉ざされた表の板戸を睨みつけた。

さきほどまでは気づかなかったが、太い墨字で「忌中」と殴り書きされた紙が貼られている。誰かの悪戯であろう。

唐突に、戯れ句が浮かんだ。

「追いつめて濡れ衣着せる地面買い。くそっ」

今は何ひとつ証しはない。証しを手に入れられる保証もない。

又兵衛は小走りに板戸へ駆けよるや、禍々しい紙を剝がして破り捨てた。

五

さっそく大番屋へ足労し、窶れきった理右衛門を元気づけてやった。別れ際には胸をぽんと叩き、任せておけと自分らしくもない台詞まで漏らしたが、勢いで発してしまったことを少し悔いている。

何せ、裁こうとする相手は、そこいらへんの破落戸どもではない。

墨壺の三代治の背後には、大奥の闇が控えているのだ。

怪しい者をみたという証言は皆無で、三代治が付け火をやった証しは得られそうになかった。

ただ、物乞いの坊主らしき屍骸は茶毘に付されておらず、風烈廻りに頼んで検屍をさせてもらうことができた。酷い状態のほとけを検屍するのは難儀であったが、又兵衛は粘り強い調べによって、心ノ臓に刺し傷の痕跡をみつけたのである。

「ほとけは焼かれるまえに死んでいた。しかも、殺められていたとなれば、何者かが摂津屋を窮地に追いこむべく細工を施したという筋が浮かんでまいります」

鈍い桑山でもわかることだ。刺し傷の痕跡は、嫌な顔をする風烈廻りの与力や同心にも確かめさせた。そのうえで、又兵衛は翌日、吟味方筆頭与力の「鬼左近」こと永倉左近に目通りを願い、摂津屋理右衛門の吟味を慎重に進めてほしいと頼んだのである。

「例繰方の腰抜けに意見される筋合いはない」

と、鬼左近には一喝されたが、又兵衛に引きさがる気はなかった。

鬼左近に事情をわからせただけでも、今はよしとすべきであろう。

部屋頭の中村には、何でそこまでのめり込むのか不思議がられたが、説いてもわかってはもらえまい。

さらに翌日、大奥に動きがあった。

女中奉公にあがっていた娘のおもとに、暇が出されたのである。

おもとは平川御門から追いだされたのち、付き添う者とてなく、着の身着のままで中橋広小路の実家まで戻ってきた。暮れなずむ大路をとぼとぼ歩くすがたは、まるで幽霊のようであったが、住みこみの奉公人が何人か残っていたので、店にはいることはできたらしい。出迎えた連中は途方に暮れており、慰められる立場のおもとが慰めねばならぬほどだったという。

じつは、そうした経緯を報せてくれた者があった。

葉煙草の賃粉切をしてくれた行商の仙次郎である。

主人を捕縛された摂津屋にとって、唯一、頼りになりそうな役人は平手又兵衛しかいない。仙次郎は自分の勘を信じ、わざわざ八丁堀の屋敷を訪ねてくれたのだ。燃えさかる火に飛びこむほどの勇気がなければ、一介の行商が与力のもとを訪ねることなどできまい。

あたりは暗くなっていたが、又兵衛は迷いもせず、着流しで中橋広小路へ向かった。

仙次郎に導かれて『摂津屋』の敷居をまたぐと、予想に反して、活気に溢れる光景が目に飛びこんでくる。

襷掛けすがたのおもとを中心にして、賑やかに炊きだしがおこなわれていた。

事情を知らぬ仙次郎も目を丸くするなか、おもとは又兵衛を目敏くみつけ、裸足で土間へ駆け降りてきた。

「もしや、平手又兵衛さまであられますか」

「そうだ」

「奉公人たちから聞いておりました。父と懇意にしていただき、かたじけのうござります」

「こちらこそ、理右衛門どのにはよくしていただいた」

　奉公人たちを気にしながら、おもとはぐっと顔を近づけてくる。

「火元になった店の主人は、罰せられると聞いております。父はこののち、どうなるのでしょうか」

「まだわからぬ。されど、こたびの小火騒ぎには確実に裏がある。何者かが道心者を殺めたうえで、付け火をやったのだ。付け火の下手人を捕らえることができれば、真実は白日のもとに晒されよう。ともあれ、何とかして理右衛門どのを救わねばならぬとおもうておる」

「平手さまにお味方していただければ、百人力にござります」

「それにしても、襷掛けで炊きだしとは勇ましいな」

「摂津屋にとって、今は生きるか死ぬかの瀬戸際にござります。奉公人ともども、落ちこんでいる暇などござりませぬ」

まずは娘の自分が先頭に立って、店に残ってくれた者たちのやる気を掻きたてようとおもったらしい。

「頼もしいかぎりだ」

　持って生まれた明るい性分の為せる業だろう。今のところ、おもとに店をたたむ気はない。少なくとも、理右衛門に何らかの沙汰が下されるまでは、女主人として踏んばるつもりのようだった。

「さっそく、明日にでも理右衛門どのにお伝えしよう。勇気を奮いたたせてくれるはずだ」

「何卒、お願い申しあげます」

　丁寧にお辞儀をする所作には、気品すら感じられた。さすが、大奥奉公に勤しんできただけのことはある。といっても、おもとは直臣として奉公を許されたわけではなかった。長局の三の側に部屋を賜った御中﨟のひとりに、部屋方の多聞として雇われたのだ。

　市井から大奥にあがるには、又者として部屋方になる道しかなく、与えられる役目は炊事や洗濯にほかならない。ことに辛い役目は冬場の水汲みで、皹割れた手で冷たい水を汲み、遠くの井戸と部屋の台所を何往復もしなければならなかった。

華やかそうにみえる大奥奉公も、実体は辛抱と我慢の日々でしかない。外から眺めただけではわからぬものだと、知りあいの商人から教わったことがあった。

大奥での辛い暮らしをおもいだしたのか、おもとはわずかに顔を曇らせる。

「お仕えする御局さまからは、顔に泥を塗ってくれたなとお叱りを受けました。このようなかたちで大奥を逐われた者に、良き縁談が舞いこむはずはなかろうと釘も刺されましたが、わたくしはそれでもいっこうにかまいませぬ。父さえ無事に帰ってきてくれさえすれば、ほかに望むことなどありませぬ」

力強く発せられたことばに、又兵衛は胸を衝かれたおもいだった。

悪人どもの仕組んだ細工は摂津屋を窮地に追いこむだけでなく、大奥奉公に耐えつづけた娘の夢をも打ち砕いてしまったのだ。

又兵衛は沸々と滾る怒りを抑え、瀬山という表使のことを尋ねた。

「ご身分の高いお方ゆえ、直におはなしする機会はございませぬ。ただ、七人おられる表使の方々のなかでは一番厳しいお方だと、噂に聞いたことがございます」

表使は公方にも目通りが許される役目で、御切米（十二石）や御合力金（三十両）をはじめ、薪炭湯之木に油や五菜銀といったさまざまな名目の手当てが付く。

御年寄と表使にだけ許された拝領町屋敷も、こうした手当てのひとつであった。

おもとは小首をかしげる。

「瀬山さまが、どうかなされたのですか」

「いいや。ただ、隣の地所を拝領されたと聞いたものでな」

「隣の地所を……さようでしたか」

半月前のことでもあり、知らなくて当然だろう。

それ以上は余計なことを喋らず、おもとも尋ねてはこなかった。

奉公人たちは悲しみを押し隠し、和気藹々と炊きだしをおこなっている。

いつの間にか輪の中心には、行商の仙次郎が座っていた。

「あそこに、仙次郎がいてくれる。それだけでも、どんなに心強いことか」

おもとは黒目がちの眸子を潤ませ、みずからにつぶやきかけている。

店を支えるみなの気持ちが切れぬうちに、何とかしなければならぬ。

又兵衛は決意を新たにしつつも、一方では焦りを募らせていた。

六

翌夕、南茅場町の大番屋へ足労し、理右衛門の様子を窺った。

仮牢に繋がれて丸三日が経ち、みるからに窶れていたが、おもとが奉公人たちと炊きだしをやったはなしをすると、顔にぱっと陽が差したようになった。

「おもとには生まれつき、まわりを明るくさせる力がございます」

「おぬしが無事に帰ってくるまで、店を守っていくと申しておったぞ」

「……お、おもとがさようなことを……も、もったいない」

仕舞いには涙を流し、理右衛門は又兵衛の手を握ろうとする。

掛かりの者以外、捕縛した者に触れてはならぬという決まりはあるが、又兵衛は差しだされた骨張った手を握りしめた。

「おもとのためにも、けっしてあきらめてはならぬぞ」

「はい」

後ろ髪を引かれるおもいで大番屋をあとにし、外へ出て歩きかけたところへ、桑山大悟が血相を変えながら駆けてきた。

「平手さま、付け火の下手人があきらかになりました。行商の仙次郎にございます」

「何だと」

悪い予感は当たった。

もちろん、濡れ衣にちがいないと、又兵衛はおもった。

「仙次郎はどうした」

「それが、逃げられました」

いまだ、捕まっていないという。

逃げるしかないのはわかるが、逃げれば罪をみとめたも同然とみなされかねない。

仙次郎本人だけでなく、おもとのことも案じられた。

摂津屋の周辺を、廻り方や岡っ引きが張りこんでいるという。

それにしても、何故(なぜ)、仙次郎に疑いが掛けられたのだろうか。

「丹阿弥とか申す数寄屋坊主の訴えがあったそうです」

「何だと」

驚いて声を荒らげると、桑山は仰(の)け反(ぞ)った。

「……お、お知りあいでしたか」

「別に親しいわけではない」

湯島の料理茶屋で催された歌詠みの会から、すでに八日が経っている。丹阿弥の面相(めんそう)はうろおぼえだが、色白で女形のような印象を持ったことだけはおぼえていた。

「されど、何故に丹阿弥が」

「小火のあった前日の夕刻、茶道具を届けに摂津屋へ向かったそうです。そのとき、店の脇道で口喧嘩をしている仙次郎と道心者を見掛けたとかで」

「それだけか」

「仙次郎の怒鳴り声を聞いたとも。『今度店に寄りついたら、ただじゃおかねえ。首を洗って待っとけ』と、仙次郎は道心者に言いはなっていたとか」

「ほかには」

「廻り方が知っているのは、その程度にござります」

桑山たちは吟味方筆頭与力の「鬼左近」こと永倉左近に命じられ、すがたを消した仙次郎の行方を追っているのだという。

廻り方のなかには、不平を口にする者もあった。

何しろ、仙次郎は殺しや付け火そのものをみられたわけではない。道心者と口論していたというだけで罪人扱いしてもよいのかと抗ったらしい。

もっともな意見だと、又兵衛はおもう。

「ところが、永倉さまは四角い顔で仰いました。四の五の言わず、逃げた行商を捕まえてこいと」

　やはり、逃げたことが下手人の証しだとでも言わんばかりに、怒鳴り散らしたのだという。

「されど、永倉さまは今ひとつ及び腰かと」

　怒鳴られてばかりいる桑山からみると、いつもの迫力に欠けているらしい。

　その理由は容易に想像できた。おそらく、数寄屋坊主の訴えは、南町奉行所へ直にもたらされたものではあるまい。

「仰せのとおりにござります。これは噂にござりますが、幕府のしかるべき筋から内与力の沢尻さまのもとへもたらされたとか」

　沢尻はさっそく、永倉を呼びだして仙次郎を捕まえるように命じた。平常から沢尻と反りの合わぬ永倉は、苦々しく感じながらも、命にはしたがわざるを得なかった。おおかた、そんなところだろう。

　それにしても、いったい誰が沢尻に圧力をくわえたのだろうか。

　丹阿弥を摂津屋に行かせたのは、組頭の桂無月斎にちがいない。

　数寄屋衆の組頭ならば、表使の瀬山とも城内で顔を合わせる機会はあろう。一方、瀬山はよほどのことでもないかぎり、城外へは出られない。たとえば、拝領町屋敷のことで墨壺の三代治と連絡を取らねばならぬときなどは、気儘に御城の内と外を行き来できる子飼いの者が必要なのだ。

ひょっとしたら、無月斎が連絡役なのかもしれない。そう考えれば、理右衛門から気に入られている仙次郎に殺しと付け火の濡れ衣を着せようとしたことも辻褄が合う。

ただし、すべては想像の域を出ない。あきらかな証し立てができねば、理右衛門と仙次郎は厳罰に処され、摂津屋は痕跡すらなくなってしまう。

摂津屋へ向かう桑山の背中を見送り、又兵衛は家路をたどりはじめた。

暮れ六つ（午後六時頃）を過ぎたばかりで、八丁堀の武家地は明暗の区別がつけにくい。

「逢魔刻か」

ぼそっとつぶやいたのは、地蔵橋を渡ったあたりだ。

禊萩の群れ咲く土手下から、侍らしき人影がのっそり近づいてくる。

頭巾をかぶっているわけではないのに、面相は判然としない。

肩幅が広く、柿色の筒袖に股引を着けていることはわかった。

橋の前後に人影はない。あらかじめ橋を渡ってくるのがわかっていたかのように、相手は重々しく問いかけてきた。

「平手又兵衛か」

「いかにも」

「不浄役人ごときが何故、摂津屋のことに首を突っこむ。誰かに命じられておるのか」

「いいや」

首を横に振ると、相手は口端を捻りあげた。

おそらく、笑ったのであろう。

突如として殺気を身に纏い、その場で二間余りも跳躍してみせる。

「うっ」

又兵衛は海老反りになり、腰の刀を抜いた。

「死ねっ」

逆落としに、白刃が襲いかかってくる。

――がつっ。

又兵衛はこれを、刃引刀で受けた。

と同時に、乗りかかった力を巧みに逃し、間合いを詰めて柄砕きを狙う。

「くっ」

柄頭が顎を掠めた。

相手はふわりと跳び退き、首を左右に振る。

「ほう、やるではないか」

「詮無いことだが、聞いておこう。おぬし、名は」

「ふふ、死にたくなかったら、名など聞かぬことだ。手を引け。さもなくば、つぎは容赦せぬぞ」

男は短い刀を鞘に納め、土手を転がるように遠ざかっていく。

何気なく手許をみれば、刃引刀が根元からぐにゃりと曲がっていた。

「まいったな」

身のこなしから推すと、忍びにちがいない。

忍びといえば伊賀者、大奥の御広敷を巡回している輩かもしれなかった。

予期せぬ強敵の出現に、又兵衛は戸惑うしかない。

薄暗がりのなか、屋敷までやってくると、門前の脇に蹲っている者がいる。

「誰だ」

又兵衛は腰を落とし、曲がった刀を八相に構えた。

「……ひ、平手さま」

蚊の鳴くような声で名を呼ぶのは、仙次郎にほかならない。

行き場を無くし、やっとここまでたどりついたのだろう。

又兵衛は屈みこみ、仙次郎の肩を抱いてやった。

「案ずるな。わしが何とかする」

力強く発したつもりだが、わずかに声が震えていた。

死ぬかもしれぬという恐怖に、おののいているのかもしれない。

世の中には、安易に踏みこんではならぬ闇がある。行く手を照らす灯明をみつける以外に、抜けだす術はなかろう。

「……す、すみません、すみません」

仙次郎は泣きながら、ひたすら謝りつづけている。

又兵衛は顔をあげ、露地裏にわだかまる闇を睨みつけた。

七

又兵衛は仙次郎をともない、常盤町の鍼灸療治所にやってきた。

殺しと付け火で追われている者を匿えば、もちろん、軽い罰では済まされない。

沢尻の試問にもあったように、喧嘩口論から人を殺した町人を義理でやむなく匿った町人は「屹度叱」で済まされる。だが、殺したほとけを焼いたうえに小火の原因をつくった疑いのある町人を匿ったとなれば話は別だ。同罪とみなされ、磔柱に縛られて火刑に処せられるかもしれなかった。

それでも、長元坊が拒まぬことを又兵衛は知っている。幼い頃から切っても切れない絆で結ばれているからだ。

「まあ、あがれ」

長元坊は渋い顔ひとつせず、仙次郎を炉のある板の間へ導いた。

「ちょうどここに、軍鶏鍋がある。鶏がらと青葱と生姜を刻んで煮た汁に、醤油やら酒やら砂糖なんぞをくわえて、根気よくことこと煮たやつだ。出汁をつくるのに、どれくらい掛かったとおもう。まあ、最低でも四刻（約八時間）は掛かっているはずさ。半月切りにした大根に里芋、椎茸に葱もぶっこんだ。あとは鍋を自在鉤に引っかけ、軍鶏肉を入れればできあがる」

炉には薪が燃えている。

坊主頭は鍋を軽々とぶらさげ、自在鉤に吊るしてみせた。

仙次郎は眸子を瞠り、ごくっと喉仏を上下させる。

「ほらな、ともかく腹だ。腹が減っては戦もできぬ」

「長助、まるで、ここに来るのがわかっていたみたいだな」

又兵衛のことばに、長元坊は不機嫌な顔をする。

「長元坊と呼べ。長助は家出しちまった三毛猫だろうが」

「ふうん、長助は逃げてしまったのか」

「どうせ、ひょっこり帰えってくるさ。猫なんざ、そんなもんだ。ところで、噂を耳にしたぜ。獅子っ鼻の甚太郎から聞いたのさ。はぐれ又兵衛が厄介事に巻きこまれそうだってな。そろそろ顔をみせる頃合いだとおもっていたら、おどおどした若えのを連れてきやがった」

「……す、すんません」

仙次郎は項垂れ、床に両手をついた。

「謝ることはねえさ。でえち、やましいところはひとつもねえんだろう。力のねえ貧乏人を罪人に仕立てあげようってやつらがいるんじゃねえのか。おれはな、そういうやつらが許せねえのさ。なあ、又」

「そのとおりだ。軍鶏が煮えたぞ」

「おっと、でえじなことを忘れるところだ。酒も呑んでねえのに、自分のことばに酔っちまったらしい」

長元坊は瀬戸物の碗を持ち、大ぶりの蓮華で器用に軍鶏肉をよそいはじめた。もちろん、野菜もたっぷり入れ、仕上げに琥珀色の出汁を上から掛ける。

「ほら、食え」

碗を手渡された仙次郎は、恐縮して箸を動かさない。

「食え、この野郎」

長元坊にどやしつけられ、ようやく箸を動かしはじめた。

まずは軍鶏肉を口に入れ、はふはふさせながら咀嚼する。

「……う、うめえ」

「山羊か、おめえは」

よほど腹が減っていたのか、仙次郎は碗に顔を埋めるほどの勢いでがつがつ食いはじめた。

又兵衛は長元坊と酒を酌みかわしてから、よそってもらった汁をゆっくり啜る。

「ほほう、この夏で一番の味だな」

「夏じゃねえ。もうすぐ、ご先祖さまをお迎えする盂蘭盆会だぜ。ところで、こいつの名は」

「仙次郎というのさ」

「ふうん、おめえ、商売は何してんだ」

　長元坊にあらためて問われ、仙次郎は毛の伸びはじめた月代を掻いた。

「へい、賃粉切をしておりやす」

「煙草の行商か。そいつはありがてえ。じつは、廓の花魁に貰った葉煙草があってな、服部とかいう高価な品なんだが、そいつを上手に切ってくれる野郎を探していたのさ」

　又兵衛は顔をしかめた。

「吉原に行ったのか」

「そうだよ。へへ、江戸町一丁目の扇屋に呼ばれてな、ぎっくり腰になった花魁に鍼を刺してやったのさ」

「なあんだ」

「羨ましがって損したか。どっちにしろ、所帯持ちにゃ縁遠いところだぜ。なあ、賃粉切」

「へい、仰るとおりで」

　仙次郎は赤くなり、下を向いてしまう。

「軍鶏はいくらでもある。二杯目からは、自分でよそえ」

「へい」

仙次郎は遠慮しながらも、二杯目をよそって食べはじめる。

「おう、その調子だ。他人様(ひとさま)の厚意を無にするな。付け火の疑いが晴れたら、そんときはおめえが誰かの役に立つ番だ。世の中ってのはそういうもんだ。相身互(あいみたが)いってことばを忘れるな」

「へい」

仙次郎は泣きながら、軍鶏肉を咀嚼する。

「くそっ、いいことを言っちまったぜ」

長元坊は膝を寄せ、銚釐(ちろり)で安酒を注いできた。

「又よ、ところで、相手はどんな連中だ」

又兵衛は酒を嘗め、順を追ってはなしはじめた。

歌詠みの会で知りあった摂津屋理右衛門のこと。付け火の火元にされた背景には、拝領町屋敷の持ち主となった御殿女中が関わっているかもしれぬこと。大奥の権威を後ろ盾にして、数寄屋坊主や地面売買の仲介屋などが暗躍し、仕舞いには得体の知れぬ忍びまですがたをみせたこと。そうした苦境でも、大奥から逐われた摂津屋の一人娘は店を守り抜こうとしていることなどを、かいつまんではなしたのだ。

　長元坊はほっと溜息を吐き、ぎょろ目を剝いてくる。

「勝算はあんのか」

「さあな」

「ふん、いつもと同じだな。どうせ、上の連中で頼りになるやつはいねえんだろう」

「ああ、ひとりもな」

「お上が裁かねえなら、こっちで裁くしかあんめえ。ちがうか」

「そうだな」

「でもよ、今は何ひとつ、こっちに有利なはなしはねえ」

　とどのつまり、得体の知れぬ相手に脅されて、裏で蠢く者たちへの疑いをいっそう深めただけなのだ。

「数寄屋坊主でも拐かすか」

　いざとなれば、多少は手荒なこともやらねばなるまい。

　翌日、又兵衛の焦りに拍車を掛ける出来事が起きた。

八

奉行所へ出仕した途端、沢尻玄蕃から廊下の奥の使者之間に呼びつけられた。

呼ばれたのがいつもの御用部屋でないところに不安を掻きたてられたが、部屋頭の中村角馬も「おぬし、いったい何をやらかしてくれたのだ」と、みっともないほど狼狽えていた。

さっそく使者之間を訪ねてみると、煤竹色の継裃を纏った偉そうな人物が上座に着いている。

かたわらに侍る沢尻が、重々しく口をひらいた。

「こちらは御広敷御用人、高部市左衛門さまだ」

御広敷用人は五百石高の布衣役、平常は大奥の御広敷に詰め、配下の御庭番や添番、伊賀吟味役などへ大奥の諸用を割りあてる。

又兵衛はめまぐるしく頭を回転させ、高部が足労した理由を瞬時に探りあてた。つまり、御広敷用人が頻繁に指図を受ける相手は、誰あろう、表使にほかならない。つまり、表使の瀬山に命じられ、摂津屋の件で文句を言いにきたにちがいないと察したのだ。

案の定、高部は血走った眸子を剝き、恫喝口調で喋りだす。

「平手又兵衛とは、おぬしのことか。わしがわざわざ御城から足労した理由、わかっておろうな」

「いいえ、いっこうに」

すっとぼけてみせると、高部はあからさまに不機嫌な顔になった。

かたわらの沢尻に向かって、唾を飛ばすほどの勢いで怒鳴りつける。

「おい、おぬしは内与力であろう。かように無礼な配下を野放しにしておくのか」

「はっ、まことに申し訳ござりませぬ」

沢尻は上座にお辞儀をし、こちらに向きなおる。

「平手よ、付け火の件じゃ。例繰方のおぬしが上の許しもなく、勝手に調べておるそうではないか」

「解せませぬな」

「何が」

「それがしが勝手に調べておると、いったい誰が大奥に訴えたのでござりましょう。しかも、それがしは一介の不浄役人にすぎませぬ。かような者のために、御布衣役の御広敷御用人さまともあろうお方が目くじらを立てられ、しかも、わざわざ町奉行所まで足をおはこびになるとは。付け火の件は大奥のどなたかにとって、それほどの一大事なのでござりましょうか」

冷静な口調で理路整然と言ってのけると、沢尻は黙って上座のほうへ顔を向ける。

ああ言っておりますが、どういたせばよろしいでしょうと、細い目で問うているのだろう。

高部は怒りを抑えきれぬのか、荒い息を吐きながら一喝する。

「黙れ下郎、誰にものを申しておる。わしは表使であられる瀬山さまの使いでまいったのじゃ。瀬山さまはな、お上から大奥に供されるお支度金の差配を任されたお方じゃ。おぬし、お支度金が一年でいくらになるのか、わかっておるのか。二十万両ぞ。二十万両を右から左へ動かすことのできるお方が、どうにかせよと仰せになったのじゃ。たわけめ、わかったか。余計な調べなどせずともよい。火元になった商人をさっさと裁き、手っ取り早くこの一件を落着させよ」

「おことばではござりますが」

と、今度は沢尻がひらきなおる。

「江戸市中で起きた吟味筋の一件を裁くのは、江戸の町を預かる筒井伊賀守さまにございます。この一件を手っ取り早く落着させよと仰るなら、伊賀守さまにご命じくださりませ。何なら、今ここにお呼びいたしましょうか」

　高部はぐっとことばを呑みこみ、沢尻を睨みつける。

　さすがに、言いすぎたとおもったのであろう。

「ともあれ、付け火の件で余計な詮索は無用じゃ。屹度申しつけたぞ」

「はっ」

　沢尻につづいて、又兵衛も畳に平伏した。

　高部はがばっと立ちあがり、騒々しく部屋から出ていく。

　どうやら、見送る必要はないらしい。

　沢尻の切りかえしに溜飲を下げたおもいであったが、それと調べの継続を許されることとは別のはなしだろう。

　おもったとおり、裏の事情を説いても沢尻の反応は冷たかった。

「自重せよ」

「納得できかねます。このままでは、摂津屋が消されてしまう」

「例繰方のおぬしが、しゃしゃり出るはなしではあるまい」

「もとはと申せば、湯島の料理茶屋で催された歌詠みの会がきっかけにございます」

「わしのせいだと申すのか」

「いいえ。されど、会を催した数寄屋衆も、摂津屋の一件に関わっている節がございます。このまま放っておけば、摂津屋理右衛門は極刑になりましょう。強欲な御殿女中の企みのために、真面目に商売をしている者が罪に問われてよいのでしょうか」

「瀬山さまが付け火に関わっているという確たる証しは摑んでおるのか」

「いいえ」

「ならば、おぬしの言い分は絵空事だ。このまま突っこんで何も得られねば、わしや御奉行にも迷惑が掛かる。おぬしひとりのことではない。御広敷からそれなりの身分のお方を寄こすとは、そういうことだ」

要するに、圧力に屈したというはなしだ。

粘り強く説得する気力も失せ、又兵衛は使者之間を退出した。

敵側へ又兵衛の名を伝えたのは、墨壺の三代治であろう。何者かが城内との連絡役となり、瀬山の耳に入れたのだ。連絡役は高部市左衛門ではあるまい。高部はただ、命じられて足をはこんだにすぎぬ。連絡役はもっと頭の切れる相手だ。

おそらく、地蔵橋を渡ったさきで待ちぶせしていた忍びであろう。

あれこれ考えながら廊下を歩いていると、鼻先にすっと扇子の先端を突きだされた。

目の前で冷笑を浮かべているのは、吟味方筆頭与力の鬼左近である。

「ふん、脅されたか。あの継裃、何者だ」

「御広敷御用人の高部市左衛門さまであられます」

「ふうん、おぬしが睨んだとおり、大奥が絡んでおったというわけか」

拝領町屋敷のからくりは伝えてあるので、鬼左近も自分なりに悪事の筋を描いたのであろう。

「わざわざ脅しを掛けてきたということは、やましいことのある証しだ。されど、相手は御殿女中の花形と目される表使、藪を突っつけば、ややこしい連中が飛びだしてくるにちがいない。となれば、どうすべきか。わしがおぬしなら、命を惜しんであきらめるかもな」

「はあ」

「不満か。顔にそう書いてあるぞ」

鬼左近はめずらしく、早々に立ち去ろうとしない。

悪党は許せぬという吟味方筆頭与力の矜持が、この場に立ち止まらせている
のだろうか。
「焼け死んだ坊主の身元がわかったぞ」
「まことですか」
焼け跡から拇指ほどの小さな銀の仏像がみつかり、その仏像から身元を割りだ
すことができたらしい。
「一年前までは、聖護院本山派の歴とした山伏であった。ふふ、御白洲であれば、
上椽に座らせるべき御仁さ」
摂津屋との関わりはない。関わりがあったのは、墨壺の三代治のほうだという。
山伏はとんだ小悪党で、一年前、朱印地の寺社領を質入れした罪で捕まってい
た。まさしく御白洲の上椽に座り、江戸十里四方追放の御沙汰を下されたのだ。
そのとき、吟味方へ質入れの動かぬ証しを提示したのが、三代治にほかならなか
った。
「山伏は自分を売った三代治に恨みがあった。ほとぼりが冷めて江戸へ戻り、恨
みを晴らそうとしたのであろう」
そして、三代治に会い、逆しまに殺められた。そののち、火元に放置する焼死

体として利用されたにちがいないと、鬼左近は鋭い読みを披露する。

「されど、すべては当て推量にすぎぬ。さすがのわしでも証し立ては難しい。墨壺の三代治を捕らえて責め苦を与えるしかなかろうが、しらを切りとおされたら仕舞いだ。後ろ盾の連中にねじこまれ、こっちの首が危うくなる。要は、疑わしいというだけでは前に進めぬというはなしよ」

「はあ」

内心ではがっかりしながらも、わずかな期待を込めて言った。

「摂津屋理右衛門の吟味、もうしばらく延ばしていただけませぬか」

「どうするかな。まあ、いずれにしろ、吟味方を表立って動かすことはできぬ。何せ、相手が悪すぎるゆえな。それでも、おぬしが突っこむと申すなら、おもしろいことをひとつ教えてつかわそう」

「お願いいたします」

「三日後、大奥の御年寄が御台さまの代参で寛永寺へ詣られる。町奉行所にも警固の人数を割くように命じられておったゆえ、ちと調べてみたのだ。どうやら、表使の瀬山さまも随行なさるらしい」

「えっ」

「驚くのはまだ早いぞ。御殿女中は御城から外へ出た途端、例外なく羽を伸ばそうとする。これはある筋から聞いたはなしだが、瀬山さまには逢い引きを重ねる色坊主がひとりおるそうだ。代参に託けて、何らかの動きがあるはず。大物の尻尾を摑むなら、その機を除いてほかにはあるまい」

濡れ場を押さえよと、鬼左近は仄めかしているのだ。

まっとうなやり方ではないが、この際、背に腹はかえられぬ。

要は、そこまで踏みこむ勇気があるかどうかだ。

もちろん、又兵衛にあきらめる気はない。

「やり方をまちがえるなよ」

と、鬼左近は釘を刺してくる。

もちろん、濡れ場を押さえるだけでは罪に問えぬ。それをやれば、身分の高い御殿女中のほとんどすべてに縄を打たねばならぬからだ。

いずれにしろ、又兵衛は感謝したくなった。

「永倉さま、かたじけのう存じます」

「勘違いするな、おぬしのためではない。内与力の鼻を明かしてやりたいだけだ」

又兵衛が深々と頭をさげたところへ、使者之間のほうから沢尻がやってくる。

鬼左近は何事もないかのように装い、鼻唄を唄いながら遠ざかっていった。

九

三日後。

魂迎えの翌十四日、盂蘭盆会のあいだは町じゅうが抹香臭さに包まれる。

代参の一行は寛永寺への参拝を午前中に済ませ、宿坊のひとつで小休止をしていたが、しばらくすると、身分の高い女中がひとりずつ裏口から消えていった。

期待どおり、表使の瀬山もすがたをみせ、あらかじめ待機していた駕籠に乗る。

随行する女中はひとりしかおらず、駕籠かきたちも行き先を告げられているようだった。

池之端をめぐって北へ向かい、円万院という塔頭のひとつにたどりつく。

何ということはない、目と鼻のさきであった。

「ふうん、鬼左近の言ったとおりだな」

隣で感心しているのは、煙管を美味そうに燻らせる長元坊である。

おそらく、塔頭の奥座敷で「色坊主」が待っているのだろう。

「又よ、ここは寺だぜ。罰当たりにもほどがあるってもんだ」

すぐに踏みこむのも野暮だとおもい、半刻（約一時間）ほど周囲をぶらついた。

まだ陽は高い。

塀を乗りこえて裏庭に忍んでみると、襖障子の閉めきられた奥座敷から喘ぎ声が漏れ聞こえてくる。

「ふん、まるで、さかりのついた雌猫じゃねえか」

長元坊は石灯籠の陰に身を隠し、坊主頭を撫でまわした。

又兵衛はあたりに目を配り、廊下に人影がないのを確かめる。

事は手早く済まさねばならない。

「いくぞ、長元坊」

「ほいきた」

ふたりは縁側に跳び乗り、襖障子を左右に引き開けた。

褥のうえで抱きあうふたりは、まったく気づかない。

上になった色坊主は、青剃りの頭に汗を光らせている。

長元坊が身を寄せ、色坊主の首根っこを摑んで引き剝がした。

「のひぇっ」

すかさず、又兵衛が横から近づき、仰向けになった瀬山の口を掌でふさぐ。

瀬山は眸子を瞠り、手足を虫のようにばたつかせた。

「おとなしくしろ。手荒なまねはせぬ」

うなずいてみせたので、掌を外してやる。

と同時に、瀬山は金切り声を張りあげた。

「狼藉者め、わたくしを誰と……」

すぐさま掌で口に蓋をすると、ふたたび、瀬山は手足をばたつかせた。

振りむけば、色坊主のほうは気を失っている。

みたことのある顔だった。

「丹阿弥か」

「ふうん、お相手は生白い数寄屋坊主か」

長元坊はさも可笑しげに、こちらに目をくれる。

往生際の悪い表使は、一糸纏わぬすがただった。

やがて、瀬山は疲れきり、ぐったりしてしまう。

掌を外しても、声を張りあげることはなかった。

又兵衛は懐中に手を入れ、奉書紙を一枚取りだす。

「白紙でもよいが、礼だけは尽くさねばとおもうてな」

右端には達筆な字で「伺(うかがい)」と綴(つづ)られていた。さらに「日本橋中橋広小路の拝領町屋敷につき、都合により辞退申しあげたき旨(むね)、お伺いつかまつり候(そうろう)ものなり」とある。

「読んで納得したら、ここに名を書いてもらおう」

納得するわけもないが、瀬山は言われるがままに筆を動かした。

抗えばまた、口をふさがれるとおもったのだろう。

又兵衛は脇差(わきざし)を抜き、瀬山の拇指(おやゆび)を摑む。

すっと指の腹を切り、血判(けっぱん)を捺(お)させた。

長元坊が問うてくる。

「丹阿弥はどうする。使い道があるんじゃねえのか」

「たしかにな」

濡れ場で幸運を拾ったようなものだ。

又兵衛がうなずくと、長元坊は丹阿弥に活(かつ)を入れた。

「うっ」

気づいた数寄屋坊主は、鶏(にわとり)のように目を丸くさせる。

すかさず、長元坊が脅しを掛けた。

「おっと、声を出すんじゃねえぞ。おとなしくしねえと、首を絞めちまうかんな」

「ひぇっ」

ぐったりしている瀬山に着物をかぶせ、又兵衛は丹阿弥に問いかける。

「おぬしには、付け火のことを聞かねばならぬ。やったのは、墨壺の三代治か。返事をしたくなければ、俯くだけでもよいぞ」

「……は、はい」

丹阿弥は俯き、びくつきながら返事もした。

「山伏を殺めて焼いたのも、三代治だな」

「……さ、さようにござります。されど、すべては三代治が勝手にやったこと。わたくしには、関わりのないことにござります」

「ああ、そうだろうさ。だが、おぬしは知っておった。にもかかわらず、知らぬふりを決めこんだ。それも立派な罪なのだぞ。ほかに、三代治のやったことを知る者は」

「組頭さまがご存じです」

「桂無月斎か」

「はい。わたくしは組頭さまのお指図にしたがっただけで、賃粉切の仙次郎とか申す男のことも知りませぬ」

「なるほど、みずから吐いたな。ほかにも、やましいことがあれば白状したほうがよいぞ」

丹阿弥は又兵衛の勢いに圧(お)され、うっかり別の悪事を漏らしてしまう。

「御城の御茶道具を持ちだし、歌詠みの会で売りさばいておりました」

「何だと。茶道具を盗んでおったと申すのか」

「すべて、組頭さまのお指図にござります。わたくしはただ、御数寄屋に納めてあった御茶道具を運びだしただけにござります」

叩けばいくらでも埃(ほこり)が出てくる。

又兵衛が一席の景品で貰った黒楽茶碗も、調べてみれば御城から盗まれた代物とわかるにちがいない。

「されば、逢い引きのことはどう説く。これも無月斎の指図だと抜かすのか」

「さようにござります。組頭さまのお指図で、仕方なく……」

丹阿弥が決まりわるそうに応じると、沈んでいた瀬山の顔が般若(はんにゃ)に変わった。

「仕方なくじゃと。丹阿弥、ようも言うてくれたな」

瀬山はどう眺めても、四十のなかばを超えている。

丹阿弥にとって、褥は苦痛でしかなかったのかもしれない。

「許せぬ」

瀬山は立ちあがり、さっと身を寄せるや、丹阿弥を蹴りつける。

「ええい、こやつめ」

気が済むまで蹴飛ばしたところで、又兵衛は肝心なことを尋ねた。

「瀬山さま、もうひとつ、お教えいただきたい。摂津屋を小火の火元にするなどという悪知恵は、いったい誰がおもいついたのでござろうか」

「わたくしは摂津屋の沽券地を手に入れたかっただけじゃ。たしかに、やり方は問わぬと申したが、まさか、火を付けるとはおもうてもみなんだ。すべて、村木の考えたことじゃ」

「村木とは何者です」

「伊賀吟味役、村木霞之助。金でしか動かぬ男じゃが、あやつほど頼りになる者はほかにおらぬ。おぬし、不浄役人のようじゃが、せいぜい首を洗って待っておるがよいぞ」

「その台詞、そっくりそのままお返しいたそう」

ここが退け時と踏み、又兵衛は長元坊に目顔で合図する。

長元坊は丹阿弥に当て身を喰わせ、ひょいと肩に担ぎあげた。

「されば、失礼つかまつる」

又兵衛は立ちあがって一礼し、瀬山に背を向けた。

やり方をまちがえるなという鬼左近のことばが、耳に甦ってくる。

もちろん、寺社奉行の配下ではないので、寺領内で誰かに縄を打つことは控えねばならない。そもそも、町奉行所の不浄役人に御殿女中を裁く力はなかった。

いずれにしろ、このまま解きはなつのは勇気の要ることだ。相手に反撃の余地を与えるからだが、又兵衛は手強い敵を誘きだすべく、敢えて瀬山を泳がしてみようとおもった。

これが吉と出るか凶と出るかは、自分でもよくわからない。

だが、瀬山の周辺で蠢く連中を一網打尽にしないかぎり、摂津屋を救うことはできぬと、又兵衛は考えていた。

「下郎め、覚悟しておけ」

瀬山は廊下に飛びだし、般若の形相で吠えている。

又兵衛にしてみれば、負け犬の遠吠えにしか聞こえなかった。

十

二日後の十六日は藪入り、又兵衛は主税と亀に生御霊の刺鯖を馳走した。

背開きにした鯖に塩をし、二枚重ねて串に刺す。生きている両親の長寿を祝う節季の行事である。

「願わくば父母をして、寿命百年病なく、一切苦悩の患なからむ」

厳粛な祝いの席で、主税はぶっと臭い屁を放ったが、顧みる者はいなかった。

そののち、又兵衛は三人を連れて、蔵前天王町の華徳院へ詣った。

薄暗い堂宇には、運慶の彫った閻魔像が座っている。

「高さ一丈六尺じゃと。ほう、なるほど、大きいのう」

主税は反っくり返り、口を大きく開けて閻魔像を見上げた。

「地獄の獄卒も今日だけは休む。どれだけ悪さをしても裁かれぬ日じゃ」

それゆえ、悪さをはたらくやつが増えるはずだと、主税は周囲に睨みを利かせる。

「まるで、ご自分が閻魔さまになられたみたい」

静香は笑ったが、又兵衛は朝から不穏な兆しを感じていた。

歌詠みの会で一席に選ばれた句を口ずさんでみる。

「親の顔ほとけにみえる閻魔堂」

主税が敏感に反応した。

「何じゃ、その戯れ句は」

「戯れ句に聞こえますか。これでも、歌詠みの会で一席に選ばれたのですよ」

「ふうん」

「されば、これはいかがです。宿下がり指折り数え待つ娘」

「ふむ、よい句じゃ」

「あれ、さきほどとはずいぶんちがいますな」

「娘のことを詠んでおる。親ならぐっと胸に迫るものがあろう」

なるほど、主税は静香へのおもいを句に重ねたのだ。

理右衛門は今も大番屋の仮牢に繋がれている。気づいてみれば、九日も経っていた。

桑山大悟に命じて毎日朝と晩に様子をみさせ、又兵衛自身も三度ほど足をはこんだ。仮牢暮らしに馴れたのか、食事もそれなりにとっており、解きはなちになる望みを失わずにいる。だが、そう長くは保つまい。鬼左近に与えられた猶予も、あと数日であろう。

閻魔堂を離れ、帰路についた。

建ち並ぶ商家の軒には、切子灯籠が飾られている。

盆唄に合わせて練り歩いているのは、小町踊りの幼子たちだ。

別のところでは、半四郎鹿子の着物を纏った娘たちが、櫓を囲んで輪になって踊っていた。主税と静香も踊りの輪にはいり、みようみまねで手踊りを繰りかえす。

いかにも楽しげな光景を眺めても、又兵衛は心から楽しむことができない。

日本橋を渡ってからは途中で別れ、又兵衛はひとり本材木町へ向かった。

三丁目と四丁目のあいだ、楓川の材木河岸に面した一角に「三四の番屋」と呼ばれる大番屋がある。

理右衛門が繋がれているのは南茅場町の大番屋だが、こちらには二日前から丹阿弥が繋がれていた。数寄屋坊主を裁くのは目付筋なので、そう長くは留めおけない。手っ取り早く口書を取らねばならぬものの、大番屋に連れてこられた丹阿弥は人が変わったように口を噤んでいた。

夕方には鬼左近みずから乗りだすと聞いていたので、立ちあうつもりでやってきたのだ。

門前を眺め、又兵衛は足を止めた。

大番屋の周囲が何やら騒々しい。

「おい、何があった」

掛かりの同心に質(ただ)すと、丹阿弥が毒を盛られたという。

「死んだのか」

「いいえ、まだ。されど、引きつけを起こしております」

町医者が血相を変えて、大番屋へ駆けこんでいった。

又兵衛も駆けだし、敷居をまたぎこえる。

板の間に寝かされた丹阿弥は眸子(まなこ)を瞠(みは)り、口から血を流していた。

「ご臨終(りんじゅう)にござります」

医者のことばを、虚(むな)しい心持ちで反芻(はんすう)するしかない。

それにしても、いったい誰に毒を盛られたのだろうか。

「さきほど、御城から御目付の御使いが来られました」

山田(やまだ)某(なにがし)と名乗る侍だったらしい。月代をきれいに剃り、裃を纏っていたこともあり、誰ひとり疑念は抱かなかった。それに、ほんの少しだけ丹阿弥とことばを交(か)わしただけで、すぐに去ったこともあり、直後の異変と結びつけることすら難しいほどであったという。

「くそっ」

毒を盛った者の素姓は予想がついた。

村木霞之助なる伊賀吟味役であろう。

村木こそが黒幕にちがいないと察してはいたが、これほど迅速に動くとはおもってもみなかった。

「甘すぎたな」

丹阿弥を失ったのは痛手だが、ここまでやらねばならぬほど敵も追いこまれているということだろう。

敵は証しを消しに掛かっている。

つぎに狙われるとすれば、それは誰なのか。

ひたひたと迫る不穏な跫音を聞きながら、又兵衛は三四の番屋をあとにした。

――ごおん。

暮れ六つの鐘音が鳴っている。

長元坊のもとへは立ち寄らず、手前の松幡橋を渡った。

路傍に目をやれば、八重咲きの芙蓉が萎んでいる。

夕暮れには萎む一日花ゆえ、仕方あるまい。

「……ぼんぼんぼんの十六日に、おえんさまへまいろとしたら、数珠の緒が切れて、鼻緒が切れて、なむしゃか如来手でおがむ」

遠くのほうから、盆唄が聞こえてきた。

同心長屋の門口には、魂送りの送り火が焚かれている。

風に揺らめく炎をみつめ、ゆっくり歩を進めていった。

来ておったかと、胸につぶやく。

横丁から人影があらわれ、炎を遮ってみせた。

「村木霞之助か」

名を問うても、返事はない。

ひゅうと、不気味な吐息だけが漏れ聞こえてきた。

「ふん、糞役人ごときに嘗められたものよ」

村木らしき男は吐きすて、間合いを詰めてくる。

又兵衛の腰にあるのは、いつもの刃引刀ではない。

黒鞘に納まっているのは、父の形見でもある和泉守兼定にほかならなかった。

十一

筒袖と伊賀袴を着けた村木霞之助は、口端を吊りあげて嘲笑った。

はっきりと面相はわかる。眼光の鋭い猛禽のような男だ。

「一度目は甘くみた。こたびは容赦せぬ」

「まあ、そうであろうな」

「暢気なやつめ、伊賀者の力をみくびっておるのか」

「はて、ようわからぬ」

「暖簾に腕押しか。ふん、まあよい。瀬山さまに血判を捺させた伺があろう。それを寄こせ」

「やはり、あの伺が欲しいとみえる」

「ただでとは言わぬ。これと交換だ、ほれ」

村木は、ぽんと何かを抛った。

西瓜大の何かが、足許に転がってくる。

「うっ」

人の生首だった。

　眸子の落ち窪んだ灰色の顔、墨壺の三代治にちがいない。

「手懐けておったのではないのか」

「使い勝手のよい男だが、ちと知りすぎておった。遅かれ早かれ、こうなる運命にあったのさ」

「丹阿弥も消すつもりだったのか」

「あやつは瀬山さまのお気に入りでな、消したくともできなんだが、おぬしのおかげで許しが出た」

「他人のせいにするな」

「ふん、誰のせいでもよかろう」

「表使はすべて、承知済みなのだな」

「ああ、そうだ。あのお方は二十万両もの大金を動かすことができる。少しばかり掠めとったところで気づく者はおらぬ。わしもずいぶん、甘い汁を吸わせてもろうておる。それゆえ、瀬山さまにまんがいちのことがあっては困るのよ」

「おぬしら、御城の内でも外でも悪事を重ねておるようだな」

「それがどうした」

　村木は首をかしげた。

「お、そうだ。おぬしに聞きたいことがひとつある。何故、瀬山さまを生かして帰したのだ」

「教えてやろう。おぬしを誘きだすためさ」

「誘きだすだと。ふん、わしに勝つ気でおるのか」

「まあな。早いとこ決着をつけようではないか。だらだら喋っておると、同心たちがやってくるぞ」

「死に急ぐな。おぬしなんぞ、初太刀でおだぶつだ」

「それなら、冥土の土産に教えてくれ。表使はどうしてそこまで、摂津屋の沽券地を欲しがるのだ」

「それか。ふふ、よいところに目をつけたな。たしかに、あの土地を狙う理由は、地代だけではない」

大奥と外とを結ぶ七つ口には、さまざまな御用商人たちがやってくる。かつては摂津屋理右衛門も御用商人のひとりであったが、唯一、瀬山の要求した付け届けに応じない気骨をみせた。

法外な付け届けを払うくらいなら、七つ口への出入りを禁じてもらってもけっこうとひらきなおり、御用商人の御墨付きを突き返したのだという。

そこまでする商人など、七つ口にはひとりもいない。恥を掻かされた瀬山は激昂し、摂津屋を縄目にしようとした。ところが、偶さかその場に行きあった御年寄がひとりあった。御年寄は「あっぱれ摂津屋、骨のある商人なり」と褒め、御用商人の御墨付きこそ与えなおすことはできなかったが、格別のはからいで一人娘の女中奉公を許したらしかった。

「瀬山さまにしてみれば、恥の上塗りよ。末代までの恨みにすると、わしにも仰せになったわ」

「恨みを晴らすべく、摂津屋の沽券地を奪おうとしたわけか」

「あっさり殺めず、できるだけ苦しめてやれと、瀬山さまはご命じになった。女の恨みは恐ろしい。しかも、仕掛けるのが大奥の表使ともなれば、死人が何人出てもおかしくはなかろう」

「なるほど、ようわかった」

「されば、そろりと冥土へ逝くか」

相手が忍びであろうとなかろうと、又兵衛の太刀筋に変化はない。

「まいる。やっ」

村木は気合いを発し、刀を抜いて突きかかってきた。

又兵衛は半身になり、抜き際の一刀で白刃を弾く。

――きいん。

金音が響き、掌が強烈に痺れた。

「はうっ」

相手は攻撃の手を弛めず、逆袈裟を浴びせてくる。

――がつっ。

今度は不動の構えで受け、入り身で柄頭をかちあげた。

村木は仰け反った勢いのまま、後方へ宙返りをしてみせる。

「くふふ、やりおる。よく斬れそうな刀ではないか」

「和泉守兼定よ」

「されば、戦利品にいたそう」

渾身の柄砕きを躱されたのは衝撃だった。

それでも、さほどの恐怖はない。

常のように、自分のすがたを想像している。

百尺竿頭に立ち、奈落の底を覗くすがただ。

恐怖を克服するのも修行のうち、相討ち覚悟で踏みこまねば勝ちは得られない。

もちろん、相手は忍び、尋常な強さではなかった。

「ふおっ」

村木はひらりと宙高く舞い、十字手裏剣を投じてくる。

「ぬっ」

刀を左右に払い、十字手裏剣を弾いた。

刹那(せつな)、相手の顔が鼻先に迫ってくる。

「もらった」

村木はにっと笑い、逆抜きの一刀を浴びせてきた。

——ずばっ。

胸を斜めに斬られる。

が、又兵衛は倒れない。血も噴きださなかった。

こんなこともあろうかと、鎖帷子(くさりかたびら)を着込んできたのだ。

「何っ」

ほんの一瞬、村木は怯(ひる)んだ。

「くおっ」

又兵衛は跳んだ。

飛蝗と化し、切っ先で相手の喉を狙う。
香取神道流、抜きつけの剣であった。
後方へ跳んだ村木よりも高く、鋭い弧を描いてみせる。
「げっ」
眼前には、驚愕する忍びの顔があった。
兼定の切っ先が、喉に吸いこまれていく。
――ひゅうう。
奇妙な音を起てたのは、串刺しにした喉笛であろうか。
村木はくるくる回転しながら、血飛沫を撒き散らす。
又兵衛は横に跳び、返り血を避けねばならなかった。
「いかがされた」
背後から、小銀杏髷の人影がふたつ駆けてくる。
会話を交わしたことのない廻り方の同心たちだ。
又兵衛は渋い顔で、転がった屍骸を睨みつける。
「辻斬りだ」
苦々しく吐きすて、同心たちに屍骸の始末を頼んだ。

──ぶん。

添樋に溜まった血を振り、兼定を納刀する。

と同時に、かくんと膝が折れた。

緊張から解きはなたれ、ふっと力が抜けたのだ。

同心のひとりが、心配そうに声を掛けてくる。

「お怪我は」

「だいじない。放っといてくれ」

生き残ったことが信じられなかった。

生死はまさに紙一重、相手よりも少しだけ運に恵まれていたと言うしかない。

「ぼんぼんぼんの十六日に、おえんまさまへまいろとしたら……」

何やら不吉そうな盆唄が、ありがたいお経のように聞こえている。

凄惨な場所から少しでも遠くへ逃れようと、又兵衛は小走りになった。

十二

翌晩、又兵衛は湯島天神にある料理茶屋へ桂無月斎を呼びだした。

みずからが歌詠みの会を催した『松金』であれば、無月斎も警戒を弛めて足をはこぶであろうとおもったからだ。

何の見返りも期待できない不浄役人から「月でも愛でながら戯れ句を披露したい」との趣旨を聞かされても、忙しない数寄屋坊主が申し出を受けいれるはずもないのだが、無月斎は指定した刻限にやってきた。

今宵は立待月、日没直後に昇った月が夜空を煌々と照らしている。

二階の奥座敷からも、いびつな月がよくみえた。

ふたりの膝前には、簡易な酒肴が支度されている。

無月斎に一抹の余裕が感じられるのは、腕自慢の供侍たちを隣部屋に待機させているからだろう。

対座する又兵衛はひとりである。

着流し姿のせいか、町奉行所の与力にはみえない。

無月斎は諸白で満たした盃をかたむけ、おもむろに口をひらいた。

「先だっての歌詠みの会は眉月。まるで、眠ったような月であったな」

「いかにも。されど、あの晩は句を捻りだすのに必死で、月を愛でる余裕もございませんでした」

「信じがたいはなしだ。月を愛でる余裕もない御仁が、かような大それたまねをいたすとはおもえぬ」

「大それたまねとは」

「しらを切るのか。円万院でのことよ。閨で瀬山さまを脅しつけ、丹阿弥を連れ去ったであろう」

「おわかりでしたか」

「あたりまえだ。みくびってもらっては困る」

「丹阿弥には申し訳ないことをいたしました。されど、毒を盛られることは、組頭どのもご存じだったはず。むしろ、そうせよと瀬山さまに命じられ、組頭どのが仲立ちとなり、伊賀者に指図なされたのでは」

「その伊賀者も死んだと聞いたが、まことなのか」

「昨夕、八丁堀の露地裏で筒袖の屍骸がみつかりました。辻斬りをやり損ねた食いつめ者であろうとのはなしですが、もしかしたら、その食いつめ者が丹阿弥に毒を盛った伊賀者かもしれませぬ」

無月斎は乾いた唇を嘗めた。

「おぬしが斬ったのか」

「はて。それがしに、さような腕があるようにみえましょうか」

「みえぬな。されど、おぬし以外には考えられぬ」

「そういえば、食いつめ者は自慢げに申しておりました。墨壺の某とか申す小悪党も殺めたと。しかも、すべての絵を描いたのは、数寄屋衆の組頭をつとめる無月斎どのだとも申しておりました」

「戯(たわ)けたことを。わしはただ、瀬山さまの愚痴(ぐち)を聞いてやっただけだ」

又兵衛は大袈裟(おおげさ)に驚いてみせる。

「ほう、愚痴とはどのような。たとえば、摂津屋の沽券地を是が非でも手に入れたいとか、御数寄屋にある高価な御茶道具を外に持ちだして売りさばきたいとか、大奥支度金の一部を誰にもばれぬようにちょろまかしたいとか、そうした愚痴にござりましょうか。もっとも、摂津屋の沽券地を除けば、すでに、手を染めていることにござりましたな」

　無月斎の顔が、みるみる険悪なものに変わっていった。

「おぬし、証しがあって申しておるのか」

「証しがあれば、縄を打つ。それが不浄役人の役目にござる。されど、それがしは、まっとうな役人ではない。何せ、陽の当たらぬ例繰方の与力にござりますゆえ。御殿女中と数寄屋坊主の悪事を暴(あば)いて手柄をあげたとて、立身出世がかなうわけでもない。せいぜいのはなし、ご苦労ようやったと、上役から鼻糞のごとき褒め言葉を頂戴するだけにござります」

「何が言いたい」

「よくぞ、お尋ねくだされた。されば、こちらをご覧あれ」

又兵衛は懐中に手を入れ、二枚の奉書紙を取りだす。

「何だとおもわれます」

無月斎が首を差しだした。

又兵衛は奉書紙をひらき、畳のうえに滑らせてやる。

「さよう、ご覧のとおり、一枚は瀬山さまに血判をいただいた伺にござる。さらに、もう一枚は」

「……せ、摂津屋の、沽券状ではないか」

「いかにも。おそらく、喉から手が出るほど欲しいものかと」

ごくっと、無月斎は生唾を呑みこむ。

そして、眉間に皺を寄せ、腰を浮かせかけた。

すかさず、又兵衛が機先を制する。

「隣部屋の連中を呼んでもかまいませぬ。ただし、こちらにも相応の策があるとご承知おきくだされ」

「ぬうっ」

無月斎は低く唸り、浮かせた腰を下ろした。

策などないが、あると信じたのであろう。

「何が望みだ」

「最初から、そうやってお尋ねくだされればよろしいのです。伺と沽券状を買っていただけませぬか」

「いくらで」

「五百両でいかがです。手頃な値だとおもいますが」

無月斎は三白眼にこちらを睨みつけ、突如、弾けたように笑いだした。

「くはは、なるほど、そうきたか」

「そうくると、期待しておられたのでは」

「まあな、不浄役人にまともな者などおらぬ。どうせ、欲しいのは金だろうとおもっておったが、五百両とはまた大きく出たものよ」

おそらく、そうおもってはおるまい。五百両なら、手打ちしてもかまわぬ手頃な金額だと納得しているはずだ。

「ただし、ひとつ条件がございます」

「何だ」

「五百両が用意できましたら、瀬山さまみずからお持ちいただきたい」

「何だと」

「御殿女中が御城の外へ抜けだすのは難しい。それくらいはわかっておりますが、表使の瀬山さまなら、何とでも言い繕うことはできるはず」

「何故、わざわざ瀬山さまに足労させるのだ」

「わざわざというところが、味噌なのでござるよ。平手又兵衛という不浄役人がどれほど役に立つ男なのか、骨の髄まで感じていただきとうござる」

「おぬし、瀬山さまから気に入られたいのか」

「いけませぬか。今後は汚れ仕事ひとつにつき、百両で請けおいましょう。ふふ、伊賀者よりも役に立つ男にございますぞ」

「ふうむ、食えぬ男よ。わかった、お伝えする」

「されば、明晩同刻、こちらへ五百両をお持ちくだされ」

「明晩とはまた、忙しないな」

「伺と沽券状を得る機会は一度だけ。こちらの条件を呑めぬと仰せなら、はなしはなかったことに」

「待て。おはなしはいたす。されど、今ここで確約はできぬ」

「あなたらしくもないことを仰いますな。瀬山さまを気儘に動かすことができるのは、無月斎どのしかおられませぬ。さようなことは、従前から承知しておりますぞ」

不承不承（ふしょうぶしょう）の体（てい）を装い、数寄屋坊主は諾（だく）してみせる。

おそらく、使えるかもしれぬ男と踏んだにちがいない。

明晩、無月斎は瀬山を連れてかならず来ると、又兵衛は確信しつつ、膝を進めて銚子をかたむけた。

「さ、どうぞ。そういえば、お呼びした趣旨を忘れておりました。わたしのほうから、お題をひとつ差しあげても」

「よかろう」

「されば、今宵の月で一句お詠みくだされ」

「できた」

「さすがに早い。伺いましょう」

「たちまちに付いた綽名（あだな）は媚（こ）び上手」

「ちと、字余りにございますな」

感想を述べると、無月斎は不機嫌な顔になる。

媚び上手はおまえであろうと、又兵衛は笑いながら胸の裡に毒づいた。

十三

上の連中がどれだけ悪事をはたらこうが、自分に関わりはないし、関わりたくもないとおもっていた。悪党相手に策を弄することなど、以前の自分をおもえば、あり得ないはなしだ。しかも、手柄とみとめられる期待もなければ、何らかの実入りがあるわけでもない。ならば、何故、命までかけて厄介事に首を突っこもうとするのか。自問自答しても、明確なこたえはみつからない。

翌晩、瀬山は御高祖頭巾で面相を隠し、秘かに『松金』へやってきた。

約定どおり、桂無月斎や腕自慢の供侍たちをともない、五百両も携えてきたが、又兵衛が伺と沽券状を渡すことはなかった。

問答無用で、瀬山と無月斎には縄を打った。

躍りでてきた腕自慢の連中は、助っ人で呼んだ長元坊に阻まれ、こてんぱんに伸されてしまったのである。

さらに翌早朝、日本橋南詰めの晒し場は騒然となった。

白帷子を着せられた御殿女中と数寄屋坊主が、背中合わせで荒縄を掛けられ、棒杭に繫がれていたからだ。

捨て札にはふたりの名と身分が記されてあった。

もちろん、瀬山と無月斎にほかならず、悪事の中味も簡潔に綴られている。

さらに、捨て札のそばには五百両の詰まった木箱が置かれ、木箱のうえには黒楽茶碗がひとつ置いてあった。

黒楽茶碗のほうが、価値は高いのかもしれない。

数寄屋衆に問えば、門外不出の逸品であることが判明しよう。

盗まれた黒楽茶碗ひとつだけで、ふたりを重い罪に問うことができるはずだ。

町奉行所の同心たちも駆けつけたが、手を出してよいものかどうか迷ったあげく、目付筋の指図を待つことになった。

すでに、野次馬の人垣が築かれつつある。

礫を握って投げようとする子どもたちも見受けられた。

騒ぎを知って押っ取り刀でやってきたのは、御広敷用人の高部市左衛門である。

「……こ、これは、何ということじゃ」

驚愕する高部の背後に、音も無く人影がひとつ迫った。

「誰よりも早く一大事を伝えてやったに、来るのが遅かったな。おぬしも、瀬山の仲間か」

低声で脅しつけたのは、又兵衛にほかならない。

高部は頬を強張らせたまま、首を横に振った。

「……わ、わしは関わりない……な、何ひとつ、悪いことはしておらぬ」

「ならば、目付筋に諮って、この件を上手く収めよ。それができぬと申すなら、明日はおぬしを晒してやる。振りむくな、背中を刺されたくなければな。わかったら、うなずけ」

高部は震えながら、何度もうなずいてみせる。

ひとりでうなずく阿呆に背を向け、又兵衛は晒し場から遠ざかっていった。

早晩、瀬山と無月斎には厳しい沙汰が下される。お上の威光を貶める悪事の数々だけに、真相はあきらかにされぬであろうが、ふたりを重い罪に問う理由はいくらでも後付けできよう。

日本橋から西方に顔を向ければ、朝焼けに染まる千代田城の甍と霊峰富士がみえた。

まっすぐ京橋のほうへ向かうと、何度も通った中橋広小路へたどりつく。

左手の辻角に目をやれば、江戸紫の色地に「たばこ」と白く染めぬかれた幟がはためいている。

遠慮がちに歩を進めたところへ、どっと歓声が湧きあがった。

足を止めて目を皿にすれば、店の前で父と娘が抱きあっている。

付け火のからくりが判明し、理右衛門は「屹度叱」のみで解きはなちになった。

ちょうど今し方、桑山大悟に連れられて、懐かしい店に戻ってきたのだ。

おもとは赤飯を炊いて待っていたが、待ちかねて外へ飛びだしてきたのだろう。

遠巻きにする奉公人たちのまんなかには、濡れ衣の晴れた仙次郎のすがたもある。

じつは半刻ほどまえ、又兵衛は南茅場町の大番屋へ解きはなちになったことを告げにいった。本来は吟味方の役目だが、鬼左近から大目にみてもらったのだ。

理右衛門は涙を流して喜びつつも、又兵衛の手を握って「娘には迎えに来るなと伝えてほしい」と懇願した。ご近所の迷惑になりたくないとの理由だが、本音は照れくさかったのだろう。

望みどおりに使いを出してやると、理右衛門はほっとしながら、又兵衛の顔をみつめた。

ふと、戯れ句が浮かんだというのである。

——裁くのはほとけの顔の閻魔さま。

詠まれた句を耳にし、又兵衛はにんまり笑った。

善人が理不尽に裁かれるのを、黙って見過ごすことはできぬ。

平常はみせぬ火事場の馬鹿力を発揮したのは、これだけは譲れぬという明快な理由があったからかもしれない。

命懸けで悪党を裁いた報酬は、善人が戯れ句に託した感謝のことばであった。

考えてみれば、それ以外に望むものは何もない。

再会を果たした父と娘は手を取りあって敷居をまたぎ、店の内では祝いの宴がはじまっている。

「また、一から出直しだな」

摂津屋の行く末を、又兵衛は少しも心配していなかった。

気丈な娘と骨のある父、正直者の仙次郎や奉公人たちがともに手を携えれば、店は今まで以上に繁盛していくことだろう。

又兵衛はくるっと踵を返し、賑やかな笑い声に背を向けた。

今から出仕し、類例調べと書面づくりに精を出さねばならぬ。嫌いな役目ではなかった。ことのほか、自分には合っている。役目をきちんと全うするために、糊のきいた裃を纏い、布で磨いた雪駄を履いてきたのだ。

「まいろう」

堂々と胸を張り、又兵衛は大路を闊歩しはじめる。

傍から眺めた通行人は、首をかしげたにちがいない。町奉行所の与力ならば、しかつめらしい顔で偉そうに歩くのが定番のはずだが、裃を纏ったその不浄役人はさも可笑しげに笑いながら、跳ねるような足取りで通りすぎていったからだ。

御濠に架かる数寄屋橋が近づいてきた。

ふと、戯れ句が浮かぶ。

「笑わぬと信じたはずの閻魔顔」

又兵衛は袴の裾をちょんと摘まむと、奉行所の御門へつづく数寄屋橋をひと息で渡りきった。

理不尽(りふじん)なり

一

　葉月(はづき)、野分(のわき)が囂々(ごうごう)と吹き荒れている。

　市中ではこのところ喧嘩(けんか)や刃傷沙汰(にんじょうざた)が後を絶(た)たず、殺伐(さつばつ)とした情勢に便乗してか、得体の知れぬ月代侍(さかやきざむらい)の一団が無頼の徒(と)となって商家を襲い、血腥(ちなまぐさ)い凶行を繰りかえしていた。

　又兵衛は内与力の沢尻玄蕃に呼びつけられ、類例(るいれい)の記載された書類を何枚か提示したところだ。

「三日月党(みかづきとう)と名乗る連中は存じておろう」

「市中を騒がせておる無頼の徒にござりますな」

「そうじゃ。能面で顔を隠した月代侍どもが徒党を組み、夜な夜な乱暴狼藉(ろうぜき)を繰りかえしておる。襲われた商家では、女子どもをふくむ家人と奉公人がみなごろしにされた。廻り方は血眼になって、その連中を捜しておる。どうやら、御先手弓組の目白鮫も動いておるようでな」

「目白鮫」

先手組最強と噂される弓組一番の筆頭与力、鮫島広之進ならば知らぬ相手ではない。兇悪な盗人一味をともに追うはめになり、当初は相手にされなかったものの、仕舞いには力量をみとめてもらうほどの間柄になった。

そのあたりの経緯を知ってか知らでか、沢尻はのっぺりとした平目顔に薄笑いを浮かべた。

「何故かわからぬが、目白鮫がわざわざ言うてきたのだ。御先手組と合同の夜廻りに、例繰方の平手又兵衛をくわえよとな」

「えっ」

「直々のご指名ゆえ、忘れぬうちに伝えておかねばとおもうてな」

「はあ」

「おぬし、目白鮫に好かれておるのか」

「はて、よくわかりませぬが」

「先手組と仲良くしても、何ひとつ見返りはないぞ」

「ふん、まあよい。さっそくだが、今宵から頼む」

「夜廻りにござりますか」

「嫌なのか」

「いいえ」

「正直者め、面倒臭いと顔に書いてあるわ」

沢尻は長々と溜息を吐いた。

「御奉行にくらべれば、下の連中は楽をしておる。年番方も吟味方も、わしから
みれば手を抜きすぎじゃ。おぬしら例繰方なんぞ、おらぬも同じではないか。の
う、ここいらでひとつ華々しい手柄でもあげてみせよ」

穀潰しの日陰者に手柄をあげる機会をくれてやる。感謝せよとでも言わんばか
りに、沢尻は鼻をひくひく動かす。

目白鮫のご指名とあれば拒むことはできず、気を抜くわけにもいくまい。

やれやれと胸中につぶやきながら、又兵衛は内与力の御用部屋をあとにした。

例繰方の御用部屋へ戻ると、どうしたわけか、同心たちが帰り支度をはじめて
いる。

「おいおい、帰るには早すぎるぞ」

又兵衛が発すると、部屋頭の中村がしたり顔で近づいてきた。

「この風だ。たまには、早あがりさせてやらねばなるまい。それが下の連中をまとめる者の器量というもの。ちがうか」

「おことばですが、沢尻さまより夜廻りを申しつけられました」

「わしは聞いておらぬぞ。それはおぬしが申しつけられたのであろう。今さら、下の連中に夜廻りに行けとは言えぬ。それに、わしはちと家で祝い事があってな、これを外せば妻や娘に叱られる。妻に三行半を書かねばならぬはめにでもなったら、おぬしとて寝覚めが悪かろう。のう、それゆえ、わしは夜廻りに行けぬ」

何だかんだと言い訳し、中村は例繰方の御用部屋から消えた。

同心たちもこっそり出ていき、又兵衛はひとり残される。

野分よりも強い風が、胸の裡に吹き荒れていた。

それでも、まあ仕方ないとおもってしまう自分が嫌になる。

ともあれ、動きやすい筒袖に着替え、手甲と脚絆を着けた。

出役ではないので、鎖鉢巻まで着ける必要はなかろう。

帯の背に朱房の十手を差し、大小も閂差しで帯に仕込む。

刀は刃引刀だが、重さは真剣とさほど変わらない。
日没を待って、表玄関から外へ出た。
刹那、髷を飛ばされそうになり、おもわず、頭に手をやった。
「行ってらっしゃいませ」
御門の脇戸を開けてくれた小者は、眸子に同情の色を浮かべている。
廻り方を除けば、又兵衛のほかに夜廻りの助っ人はいないらしい。
「嵌められたか」
渋い顔で漏らし、又兵衛は脇戸を潜りぬけた。
空を見上げれば、叢雲が龍のようにのたうっている。
ちぎれゆく雲の狭間には、鋭い刃物のような月がみえた。
「三日月か」
空にあるのは日中がほとんどで、日没の直後には沈んでしまう。
ほんのわずかしか拝むことができぬ月にちなんで、凶賊どもは「三日月党」
などと名付けられたのだろうか。
息継ぎもままならぬほどの向かい風に辟易としながらも、又兵衛はどうにか数
寄屋橋を渡った。

御濠の水は生き物のようにのたうち、水飛沫を真横から浴びせかけてくる。雨が降っておらぬだけ、まだましと言うべきかもしれない。大路を歩きつづけ、商家の目立つ町並みを通りすぎる。薬種問屋が軒を並べる日本橋本町三丁目から、大伝馬町、通旅籠町、通油町と流し、浜町堀を渡って、通塩町と横山町を通りぬける。又兵衛がたどりついたのは両国広小路、いつもならば夜でも賑わっているところだ。

市中見廻りの起点はここだと、亡くなった父に教わったことがある。それゆえ、夜廻りの助っ人を頼まれたときは、かならず足を向けることにしている。風はいっこうに収まりそうにない。風が吼えつづければ、家人や奉公人に気取られる恐れも減り、商家を狙う悪党にとってはありがたいかもしれぬ。狙うとすれば今宵かもなと、又兵衛はおもった。

二

見世物小屋や床見世はすべて閉まっていたが、夜鷹蕎麦の屋台だけは辛うじて灯りを点している。

「月見でも食うか」
三十二文を握りしめ、急ぎ足で近づいた。
——ひょう。
突如、大橋のほうから突風が吹いてくる。
「うわっ」
叫んだのは、蕎麦屋の親爺であった。
驚いたことに、屋台の屋根が吹き飛ばされている。
転がる屋根を親爺が追いかけ、親爺の背中を又兵衛が追いかけた。
——がしゃっ。
凄まじい音とともに、残った屋台が横倒しになる。
屋根は軽々と、米沢町のほうまで飛んでいった。
しょぼくれた親爺が、とぼとぼ戻ってくる。
地べたから舞いあがる湯気は、ぶちまけられた蕎麦の茹で湯であろう。
屋台のあった場所へ戻ってみれば、欠けた丼が無惨にも散らばっている。
とりあえずは元気づけてやろうと、又兵衛は声を掛けた。
「親爺、散々だったな」

「まったくで。少しでも日銭(ひぜに)を稼ごうと、欲を掻(か)いたばっかりに……まあ、しょうがありやせんや」

親爺は達観した顔で吐きすて、恨(うら)めしげに空を睨(にら)む。

もはや、月はない。

どす黒い叢雲が蜷局(とぐろ)を巻いているだけだ。

――くうっ。

腹の虫は鳴っても、空腹を満たす蕎麦はない。

虚(むな)しい気分で溜息を吐くと、呼子(よびこ)が耳に飛びこんできた。

――ぴい、ぴい、ぴい。

耳を澄(す)ますこともない。

「ずいぶん近いな」

屋根が飛んでいった米沢町のほうだ。

「やっぱり出やがった」

と、親爺が吐きすてる。

賊どもにとって、今宵ほど押しこむのに好都合な晩はないとでも言いたげだ。

「旦那、あれを」

闇の向こうから、頬被り(ほっかむ)りの連中が駆けてくる。

ふたり、いや、三人だ。

毛臑(けずね)を剝(む)いて迫るかとおもいきや、途中で方向を土手のほうへ変える。

「旦那、大橋に逃げやすぜ」

「よしきた」

又兵衛は先回りすべく、大橋の橋詰めに向かった。

「こっちのほうが早い」

賊どもの様子から推(お)せば、後ろにはかならず追っ手がいる。

橋の途中で壁となって立ちはだかれば、追っ手と挟み撃ちにできよう。

冷静に算段しながら駆けたはよいものの、大川は恐ろしいほどに荒れ狂っている。御濠の比ではない。頑強なはずの大橋は揺れがひどく、蛇行(だこう)しているようにも感じられ、又兵衛は屈(かが)みこみたくなった。

川に吸いこまれる恐怖に、途中で立ちすくんでしまう。

振りむけば、橋向こうでは剣戟(けんげき)がはじまっていた。

三人の賊どもが、捕り方に追いつかれたのだ。

――きいん。

金音だけでなく、断末魔の叫びも聞こえてくる。

それが賊の叫びならば、斬ったのは切捨御免の免状を持つ先手組の連中であろう。

又兵衛は腰を沈めて身構えた。

縦も横も大きな男がひとり、橋のうえをこちらに駆けてきた。

右手に白刃を提げ、疾風となって迫ってくる。

「行ったぞ、そやつが頭目じゃ」

聞きおぼえのある声が響いた。

「目白鮫か」

気づいた刹那、頭目らしき男が躍りこんでくる。

「退けぃ……っ」

上段に掲げられた白刃は三尺を超えていた。

まともに受ければ、肩が外れるかもしれない。

――ぶん。

刃風を鼻先にとらえ、よっと斜めに躱す。

一瞬、頭目の顔をみた。

無表情な顔だ。

いや、能面を着けている。

又兵衛は一歩踏みだした。

「いやっ」

気合一声、刃引刀を面に叩きつける。

「ぬぐっ」

面がまっぷたつになり、相手は顔を片手で覆った。

刀を脇に捨て、ふらつく足取りで欄干へ向かう。

「逃がすな、捕らえよ」

橋向こうから、目白鮫たちが駆けてきた。

はっと我に返ったが、すでに遅い。

頭目らしき男は欄干をまたぎ、剝がれるように川へ落ちていった。

「くそっ」

又兵衛は駆けより、欄干から身を乗りだす。

荒れ狂う濁流の狭間に、人影をみつけることなどできない。

「十中八九は助かるまいよ」

鎖鉢巻を締めた与力が、後ろから近づいてきた。

目白鮫こと、鮫島広之進である。

「はぐれ又兵衛か、久方ぶりだな」

「はっ」

「あやつ、信長と名乗っておった。戦国の覇者を気取ってな」

「信長にござりますか」

「商家が何軒も襲われた。家人や奉公人はみなごろしになった。わしらも指を咥えていたわけではない。賊の何人かは斬り捨てたし、捕らえた者もある。されど、妙なことに信長の顔を知る者はおらぬ。どうやら、押しこみに取りかかるたびに、無頼の連中を掻き集めておるらしい」

ひと仕事終えればその場で別れ、関わりはいっさいなくなる。たった一度の繋がりゆえに、頭目まではたどりつけず、賊どもの正体はわからぬままであった。

「なるほど」

少しだけしかすがたをみせぬ三日月に喩えられた理由もそれでわかった。

目白鮫はふたつに割れた能面を拾ってくる。

「鼻の下に八の字髭を生やし、眸子に金環を嵌めた怪士の面だ。『鵺』のシテが着ける」

まさに、ふたつにした能面の名称こそが「三日月」なのだという。

「ようやく今宵、信長はわれらの網に掛かった。野分の晩に動くのはわかっておったからな。ふふ、まことならば捕らえたかったが、死んでくれればそれでよい。信長さえおらぬようになれば、江戸の町も少しは静かになろう」

又兵衛はふたたび、川面に目をやった。

まだ、安心はできぬ。

「心配か。ふふ、まんがいち生きておったときは、こんどこそ手柄を立ててみせよ」

「えっ」

「勘違いいたすな。おぬしは賊を逃がした。賊を逃せば手柄にはならぬ。いろはのい、であろうが。そんなことは捕り方なら誰でも知っておる。のう、はぐれよ、せいぜい励むがよい」

目白鮫は肩をぽんと叩き、笑いながら去っていく。

「少しくらい、褒めてくれてもよいのに」

又兵衛はつぶやき、恨めしげな顔で先手組の連中を見送った。

三

十日後。

野分は疾うに去り、血腥い凶事もぱたりと止んだ。

信長と名乗る三日月党の頭目は、やはり、溺れて死んだにちがいない。

胸に抱いた一抹の不安も、日を追うごとに薄れていった。

又兵衛は主税に請われ、馬喰町の煮売屋へやってきた。

半月前まで賄いに通ってもらっていたおとよ婆の「古漬けがどうしても食べたい」と駄々をこねるので、おとよ婆の孫娘が手伝いをしている『善七』という煮売屋を訪ねたのだ。

おとよ婆の暮らす葛西の百姓家までわざわざ足を延ばすわけにもいかず、古漬けだけ持ってきてほしいと頼むのも気が引ける。そういえばと、おもいだしたのが馬喰町の煮売屋だった。孫娘のおさきが手伝う『善七』を何度か覗いたことがあり、おとよ婆の古漬けが置いてあるのに気づいたのだ。

「義父上、聞くところによれば、善七と申す親爺は御城の御膳所で雇われておった包丁人だそうです。料理の腕は折紙付きですぞ。しかも、肴の値が手頃ゆえ、いつも繁盛しております」

「ぺらぺらと、よく喋る男じゃのう。わしは婆の古漬けが食べたいのじゃ。胡瓜もよいが、茄子のほうがなおよい。あれは腐っておったのかのう。舌が痺れる感じがたまらぬのよ」

「炊きたてのご飯に載っけて、いただきたいものですな」

「黙れ、余計なことを抜かすなと言うておる」

ふたりは縦になり、脂で汚れた暖簾を振りわけた。

敷居をまたぐと、さほど広くもない見世のなかは常連客で埋まっている。

侍のすがたも、ちらほらある。評判を聞いて、足を延ばしたのだろう。

又兵衛の顔を目敏くみつけ、赤いほっぺたの娘が飛んできた。

「いらっしゃいまし、お殿さま」

前垂れのよく似合う、孫娘のおさきである。

鬼も十八番茶も出花と、おとよ婆は自慢していた。

主人の善七と女房のおまつは、勝手場の奥に引っこんだまま出てこない。

忙しいのは仕方ないが、善七は気難しい頑固者ゆえ、又兵衛をみつけても挨拶には出てこないのだ。もっとも、仏頂面で出迎えられることには馴れており、まったく気にならなかった。

「ささ、こちらへ。今お席をおつくりします」

おさきはしっかり者で、百姓の娘にしては垢抜けている。

両手を合わせて常連にお願いし、床几の端に席を空けてもらった。

「お殿さま、衝立を使いますか」

「いいや、いらぬ。頼むから、お殿さまと呼ぶな」

「では、何と呼べば」

「どうしても呼びたければ、あのとかそのとかでよい」

「では、婆さまと同じに、旦那さまとお呼びいたします」

かたわらで主税が寝息を立てはじめた。

近頃は、少し歩いただけでも眠くなる。

「炊きたてのご飯と、およよ婆の古漬けを頼む」

「それだけですか、ほかには」

「適当に見繕ってくれ」

「そのままお伝えしたら、大将に叱られます。食べたいものをきちんとお尋ねしてこいと、いつも言われておりますから」

主税が、ふいに目を覚ました。

「面倒臭い男じゃのう。小鉢に芋の煮っ転がしでも盛ってくればよい」

「はい、かしこまりました。ご隠居さま」

「莫迦者、わしはまだ隠居などしておらぬ。槍を取ったら日の本一、都築主税は家禄三千石の大身旗本ぞ」

見得を切ってみせても、すでに、おさきはいない。

燗酒のはいった銚釐と小鉢を持ってきてくれたのは、女房のおまつであった。

齢は四十に届いておるまい。五十を超えた善七にとっては二番目の女房で、おとよ婆のはなしでは花街の女であったらしい。

「ようこそ、おいでくだされました」

おまつはしなをつくり、主税に酌をする。

艶めいた仕種に、主税は鼻の下をびろんと伸ばした。

善七の最初の女房は胸の病で亡くなったと聞いていた。おまつが見世の手伝いをはじめたのは、何年も経ってからのはなしであったが、どのような経緯で知りあったのかはわからない。

ただ、善七は厄介事をひとつ抱えこむようになった。最初の女房とのあいだに授かった倅の善太郎が、見世にあまり寄りつかなくなってしまったのだ。齢は二十三になっている。善七は見世を継いでほしいとおもっているのだが、自分の口からは容易に言いだせないでいるらしかった。

おとよ婆の古漬けを囓りながら、又兵衛はそんなはなしをおもいだしていた。

隣の客が酔った勢いで軽口を叩きはじめる。

「親爺、色男の倅はどうしたい。両国業平なんぞと呼ばれて、年頃の娘たちからちやほやされているそうじゃねえか」

連れも調子に乗って、勝手場の奥へ声を掛けた。

「たまに立ち寄って、小遣いをせびるんだって。まったく、いいご身分だぜ。どら息子を持つと、父親はてえへんだな」

まわりは、しんとなった。

勝手場から、胡麻塩頭の善七がのっそりあらわれる。

右手に出刃包丁を握っていた。

「ひぇっ」

ふたりは殺気を感じ、小銭を置いて逃げだす。

善七はこちらに目を留め、慌てて包丁を背に隠した。

「おい、こっちに来い」

主税に気軽な調子で誘われ、善七が近づいてくる。

又兵衛の素姓は知っているので、粗略にはできぬとおもったのだろう。

善七は深々とお辞儀をして謝った。

「平手さま、みっともねえところをみせちまって、申し訳ございません」

「いいのさ。悪いのは酔った客のほうだ」

「まあ、呑め」

主税が自分の盃を手渡し、銚釐をかたむける。

「それじゃ、一杯だけ」

善七は盃を干した。

主税はにんまり笑い、慈しむような口調で言う。

「おぬしが他人にはみえぬ。むかし、賄い方によい包丁人がおった。万吉という
めでたい名の男でな、万吉のつくる鯊の甘露煮とけんちん汁は絶品じゃった」

「ご隠居さま、万吉は手前のお師匠にございます」

「さようか。ほほう、さようであったか」

驚く主税に、善七はぎこちなく笑いかける。

「うちの甘露煮とけんちん汁の味は、万吉お師匠から受け継いだものにございます。よろしければ、お出しいたしますが」

「ふむ、貰おう」

主税は嬉しさを抑え、威厳のある声で応じる。

やがて、鯊の甘露煮とけんちん汁が出された。

まずは甘露煮を食べ、主税は何度もうなずいてみせる。

さらに、けんちん汁を啜り、満面の笑みを浮かべた。

「これじゃ、この味じゃ」

「かたじけのう存じます。お師匠はずいぶんまえに亡くなりました。それはいわば、形見の味にござります」

「さようか、あの万吉が死んだか」

箸を動かしながら、主税は涙目になった。

仕舞いには泣き笑いになり、善七にまた酒を注ごうとする。

「それじゃ、もう一杯だけ」

ふたりはすっかり、意気投合したようだった。

連れてきてよかったなと、又兵衛はおもった。

四

明日は中秋の月見、露地裏には薄売りの売り声が響き、寺社の境内には三方に飾る女郎花や柿、芋、枝豆、葡萄などを売る床見世が立っている。両国広小路もたいへんな賑わいで、ろくろ首や河童などの見世物小屋には行列ができ、曲独楽や皿回し、居合抜きといった大道芸のまわりには人垣が築かれていた。

今日と明日は深川で富岡八幡祭も催されているため、内勤の連中も市中の見廻りに駆りだされている。

着流し姿の又兵衛は町娘たちの声につられ、似面絵描きのそばに近づいた。

絵を描かせている若い優男を町娘たちが遠巻きにし、うっとり眺めている。

「水も滴るいい男、評判の両国業平だよ」

花売りの嬶ぁが教えてくれた。

「ふうん、あれが善太郎か」

父親の営む煮売屋に立ち寄らなくなった倅は、一見するかぎり、腰の定まらぬ浮き草のような暮らしをつづけているらしい。

それにしても、どうやって稼いでいるのだろうか。

「紐だよ。あちこちに女をこさえてね、商売女に貢がせているのさ。ふん、いいご身分だよ。あたしに言わせりゃ、箸にも棒にも掛からない、ぞろっぺいの甲斐性無しさ」

花売りの婢ぁは捨て台詞を残し、浅草橋のほうへ去っていった。

入れ替わるようにやってきたのは、強面の連中である。

広小路を仕切る地廻りであろうか。

地味すぎるのか、又兵衛には気づいていない。

厳つい男が似面絵を覗いて「ふん」と鼻を鳴らし、善太郎に近づいていく。

そして、右手を差しだした。

「善太郎、博打の借金を返えしてもらいにきたぜ」

娘たちは蜘蛛の子を散らすように逃げ、野次馬たちが集まってくる。

善太郎は横を向き、ぺっと唾を吐いた。

厳つい男が眉をひそめる。

「その態度は何だ」

「無え袖は振れねえ。鼻血も出ねえってことさ」

「ふうん、そうかい」

男は身を寄せ、善太郎の頬を平手で軽めに叩く。

「減らず口を叩いてると、二度とみれねえ面になるぜ」

「金はねえ。どうすりゃいい」

「さあて、どうするかな。小娘なら岡場所へでも沈めるところだが、おめえにゃほかに使い道がありそうだ」

「地廻りの手下にゃならねえぞ」

「腕一本へし折られても、そうやってほざいていられんのか」

手下どもが、さっと善太郎を取りかこむ。

又兵衛は周囲をみた。

廻り方や岡っ引きのすがたはない。

それでも、もう少し様子を眺めようとおもった。

善太郎がどういう男なのか、見極めるにはもってこいの場面だ。

「腕をへし折るなら、左腕にしてくれねえか」

善太郎はひらきなおり、その場にでんと胡座を掻く。

腕を組み、口をへの字にしてみせた。

相手の男が、首をこきっと鳴らす。

「いい度胸じゃねえか。でもよ、おれが欲しいのは利き腕なのさ」

嘲笑いながら、手下に顎をしゃくる。

手下どもは善太郎を押さえこみ、右腕を引っぱった。

「やめろ、くそっ、この野郎」

善太郎は激しく抵抗し、手下どもに顔を撲られる。

鼻血を散らしながらも、右腕を取られまいと暴れた。

やがて、手下どものほうが疲れ、抱えこむのを止めてしまう。

「ふん、しょうがねえ野郎だぜ。そんなに利き腕がでえじなら、理由を聞こうじゃねえか」

「理由なんざねえ」

「ほう、そうかい。おめえの親父は、お上に仕えた包丁人だったらしいな。ひょっとして、親父の後を継ぎてえんじゃねえのか。それで、包丁を持つ利き腕をへし折られたかねえんだろう」

「そんなんじゃねえ」

「なら、遠慮無くへし折らしてもらうとするか」

手下たちの顔つきがちがう。今度は本気のようだ。

又兵衛は一歩踏みだし、厳つい男に身を寄せた。

男はようやく気づき、眉間に皺を寄せる。

「おっと、見掛けねえ旦那だ。何かご用ですかい」

「そのくらいにしておけ。野次馬が集まりすぎて、迷惑だからな」

「旦那、そういうわけにゃいかねえんだ。広小路にゃ、広小路の掟ってもんがありやしてね」

男はすっと近づき、袖の下に一分金を落とす。

又兵衛は一分金を摘まみ、指先でぽんと弾いた。

「小粒一枚で町奉行所の与力を黙らせるつもりか。ずいぶん嘗めたまねをしてくれるではないか」

「足りなけりゃ、あとでお届けしやすぜ」

「それなら、店ごと持ってこい」

「えっ」

又兵衛の迫力に呑まれ、相手は黙ってしまう。

仕舞いには、ちっと舌打ちをし、荒々しく去っていった。

派手な立ちまわりを期待した野次馬たちも、つまらなそうに散っていく。

善太郎は胡座を掻いたまま、仏頂面で睨みつけてきた。

又兵衛が笑いかける。

「水も滴るいい男の顔が台無しではないか」

「どうでもいいんですよ、こんな顔」

「親に貰った顔であろう。文句を言うな」

又兵衛は一喝し、口調を優しいものに変えた。

「おぬしは生意気な若造だが、利き腕を守ろうとしたことは褒めてやる。地廻りが言ったように、包丁を握る手だからか」

「そんなんじゃござんせん」

「まあよかろう。されどな、意地を張りとおすことと、意固地になることとはちがう。おぬしが立ちなおってくれることを、秘かに祈っている者たちもおるかもしれぬぞ。たまには、その者たちのことをおもってやれ」

善太郎は首をかしげ、不思議な顔をする。

「あっしのこと、何かご存じなんですかい」

「いいや、知らぬ。当てずっぽうで言っただけさ。気に障ったのなら謝る」

ぺこりと頭をさげると、善太郎は憑きものが落ちたような顔になった。

「さればな」

又兵衛は袖をひるがえし、のんびり歩きはじめる。

「お待ちを」

善太郎から背中に声を掛けられても、片手を振るだけで立ち止まろうとはせず、又兵衛は人混みのなかへ紛れこんでいった。

五

夕刻、又兵衛は永代橋を渡り、深川へやってきた。

一の鳥居を潜ったさき、永代寺門前仲町の大路では荒っぽい神輿ぶりがおこなわれている。富岡八幡祭だ。沿道には「祭禮」と書かれた大幟がはためき、手古舞の芸者たちも揃いの扮装で踊っていた。

ともかく、見物人の数が半端ではない。文化年間には、殺到する見物人のせいで永代橋が落ちたこともある。一千四百人余りの犠牲者を出して以来、毎年、死者を供養する川施餓鬼がおこなわれるようになった。

「まいったな」

又兵衛は浮かぬ顔をしている。そもそも、賑わいがあまり好きではない。

ぶつぶつ愚痴を吐きながら、往来に沿って行ったり来たりを繰りかえしていた。

もちろん、沿道には着飾った町娘たちのすがたもある。

島田髷に結った髪には、高価な簪が挿してあった。

人混みで注意すべきは、後ろからそっと近づいて簪を狙う掏摸である。

用心しながら歩いていると、さっそく、怪しげな素振りの男をみつけた。

年は三十前後、細面の目立たぬ男だ。

物陰から目を凝らすと、男は町娘の背後に忍びより、一瞬で簪を引き抜いた。

懐中に簪を入れてその場を離れ、足早に前屈みで歩きだす。

さらに、別の町娘にも目を留め、そっと忍びよるや、見事な手並みで簪抜きをやってのけた。

又兵衛は素知らぬ顔で後を尾け、男との間合いを詰めていく。

男は門前の大鳥居へ向かわず、手前を右手に曲がり、堀川に架かった蓬萊橋を渡りはじめた。古い木橋なので、渡ると下駄のがたがたという音がする。「がたくり橋」とも呼ばれる橋の向こうは佃町、潮の香りがする漁師町にほかならない。

佃町には岡場所もあり、安価な女郎たちは「家鴨」などと呼ばれている。

掏摸が迷いこんだ露地裏は昼でも薄暗く、淫靡な空気が濃厚に漂っていた。

それでも、間合いを保ちながら尾けていくと、男は抜け裏をひょいと曲がる。

又兵衛は裾を持ちあげて駆け、同じように抜け裏を曲がった。

「うっ」

足を止める。

どぶ臭い袋小路のどんつきに、三人の月代侍が屯していた。

五合徳利をまわし呑みしながら、嫌がる女郎たちをからかっている。

ひとりは棒のようにひょろ長い。その男が女郎らしき女の髪を摑み、地べたを引きずりまわす。

そこへ、掏摸が飛びこんでしまった。

「ひぇっ」

急いで踵を返したものの、別の月代侍に逃げ道をふさがれる。

ひょろ長い男は女郎の髪を放し、小走りに身を寄せてきた。

そして、見事な手並みで本身を抜きはなつ。

「うりゃ……っ」

腹の底から気合いを発し、片手斬りで白刃を一閃させた。

「ぎゃっ」

ひとたまりもない。

掏摸は屍骸となり、盗まれた簪が周囲にばらまかれた。

又兵衛は腰を沈め、刀の柄に手を添える。

三人組はこちらに気づき、警戒しながら近づいてきた。

錆びついた声を発したのは、ひょろ長い男だ。

「おぬし、不浄役人か」

「ああ、そうだ」

「掏摸を尾けてきたなら、捕まえる手間を省いてやったようなものだ」

男は横柄な口調で言い、さらに間合いを詰めてくる。

けっこう若い。たぶん、二十二、三であろう。

しかも、濡れ鴉色の高価な着物を纏っている。

佃町の岡場所にはそぐわぬ印象の連中だった。

又兵衛は静かに応じる。

「おぬしは酒に酔い、遊び半分で人を斬った。相手が誰であろうと、人を斬った罪から逃れることはできぬ」

「ふん、偉そうに。説教垂れている場合か」

ひょろ長い男に指図され、ひとりが又兵衛の背後にまわる。

袋小路から逃さぬつもりであろう。

「安心いたせ、逃げはせぬ」

「ほう、ならどうするつもりだ」

「おぬしに縄を打つ。辻斬りの咎でな」

「ぬへへ、聞いたか、おまえら。わしに縄を打つらしいぞ」

ふたりは「くく」と冷笑し、腰の刀を抜きはなった。

又兵衛は動じない。

「一度しか言わぬ。刀を納めよ」

「笑わせるな、死に損ないめ。西巻、遊んでやれ」

「かしこまった」

後ろの男が、無造作に間合いを詰めてくる。

「死ね」

右八相に構え、袈裟懸けに斬りつけてきた。

「ふん」

又兵衛は反転しながら、刀を素早く抜きはなつ。

相手の一刀を袖口で躱し、同じく袈裟懸けの一刀を浴びせた。

――ばすっ。

鈍い音とともに、相手は白目を剝いて頽れる。

刃引刀の一撃は、左の鎖骨をへし折っていた。

「ほう、大口を叩くだけのことはあるな」

ひょろ長い男がいつの間にか、女郎の髪を鷲摑みにしている。

「……か、堪忍を」

女郎は恐ろしすぎて、声を出すこともままならない。

「腐れ役人、おぬしは何ひとつみなかった。約束いたせば、こやつの命は助けてやる」

男は血の滴る刃を、女郎の喉元にあてがった。

「約束しよう」

又兵衛は即応し、刃引刀を鞘に納める。

「こっちに来い」

言われるがままに、袋小路のどんつきへ歩いていった。

男は女郎を引きずって反対側へ向かい、もうひとりが昏倒した仲間を抱きあげて背に負う。

「向こうをみて、ゆっくり十数えろ」

言われたとおり、大きな声で十まで数えた。

そのあいだに、三人組の気配は消えてしまった。

袋小路の入口には、喉元に白刃を突きつけられた女郎がへたりこんでいる。

薄汚れた長屋から出てきたのは、抱え主とおぼしき大年増だった。

貝髷(ばいまげ)に横櫛(よこぐし)を挿し、腕組みで近づいてくる。

「旦那、揉(も)め事はごめんですよ」

「ああ、わかっておる。あの連中、しょっちゅう来るのか」

「いいえ、お初ですよ」

「素姓は知らぬと申すか」

「ええ、知りませんし、知りたくもない」

抱え主は袖口から、何かを取りだした。

「こんなのが部屋に落ちておりました。大黒さまの根付(ねつけ)ですよ」

「ほう」

手渡されて眺めると、精巧(せいこう)な細工物だとわかった。

「よろしかったら、差しあげます」

「ん、すまぬな」

「ああした連中を野放しにしとくから、お上の信用はがた落ちなんですよ」

「まあ、そう言うな」

「ふふ、妙な旦那だね。ほんとに不浄役人なのかい」

「いちおうはな」

袋小路に旋風が吹きぬけ、斬られた掏摸の死臭を運んできた。

「ちくしょう、始末する身にもなってみろってんだ」

悪態を吐く抱え主に同情しながら、又兵衛は足早に歩きはじめた。

立ちあがることもままならぬ女郎が、血走った眸子で睨みつけてくる。

「ふん、助けやがって。死んだほうがましだったのに」

文字どおり、人生の吹きだまりに追いやられた女たちの眼差しが、鋭い刃物となって又兵衛の背中に突き刺さった。

六

大黒の根付は、京橋弓町で質屋を営む大戸屋七右衛門に預け、持ち主を捜してもらうことにした。七右衛門は江戸の裏事情に通じている。以前助けてやったことに恩義を感じているのか、ふたつ返事で頼みを聞いてくれた。

十五日は鳥や亀や鰻を放つ放生会、又兵衛は昨日につづいて今日も市中見廻りに駆りだされている。足を向けたさきは小名木川の入口に架かる万年橋、亀が売られている橋のたもとには大勢の人が集まっていた。

一年でこの日だけしか商売をしない連中が、葦簀張りの床見世をひらいている。なかでも、一番客が集まっている見世に向かい、盥のなかで首を伸ばす亀たちをじっと眺めた。

「さあ、買った買った。小せえのは二百文、でけえのは一朱から言い値でいくらでも。功徳を積めば、それだけ幸運が転がりこむ。運に恵まれるかどうかは、亀を放した者にしかわからねえ」

立て板に水のごとく口上を述べる小太りの亀売りは、一見すると人のよさそうな四十男だ。客たちは知りあいでもないのに、男のことを「番頭」と呼んでいる。

しばらく様子を窺っていると、時折、月代頭の侍が亀を買っていくことに気づいた。

決まって一朱金を払い、釣りの代わりに判じ物が描かれた千社札を貰っている。

もちろん、紐に吊るされた亀もぶらさげていくのだが、千社札のほうが気になった。

「何をしてんのか、わかりやすかい」

出職らしき客のひとりが、物知り顔で囁いてくる。

「番頭はああして、暇そうな侍を集めているんですよ」

「何のために」

「さあ、そこまではわかりやせん。でも、あの千社札にゃ、とんでもねえご利益があるとか。あっしも欲しくて頼んでみたんだが、あっさり断られやした。ええ、月代頭の侍じゃなくちゃ貰えやせん」

「どうして、番頭と呼ばれておるのだ」

「さあて、口入屋の番頭だったんじゃねえのかな」

出職がいなくなったので、又兵衛は「番頭」に声を掛けてみた。

「すまぬが、千社札を貰えぬか」

「へへ、ご冗談を。十手持ちの旦那にゃ、差しあげられやせんぜ」

「残念だな」

ちらりと、番頭の足許をみた。

一段と大きな盥のなかで、ひと抱えもありそうな大亀がじっとしている。

「ずいぶん大きな亀だな」

「こいつには、藤吉郎(とうきちろう)っていう名がありやしてね」

「ふうん、生きておるのか」

「もちろんでさあ」

甲羅(こうら)を眺めていると、何かの模様が浮かんでみえた。随所に朱(しゅ)も入れてある。

「甲羅に何か彫ったのか」

「亀甲占(きっこううらな)いでやすよ。へへ、藤吉郎は売り物じゃござんせん。言ってみりゃ、福の神みてえなもんで」

「それを言うなら、福の亀ではないのか」

「ちげえねえや。こりゃ一本取られやした。旦那、お名を伺(うかが)っても」

「平手又兵衛だ」

「与力の旦那でやすよね」

「ああ、平常は内勤でな、例繰方をつとめておる」

「へえ、例繰方ねえ」

「知っておるのか」

「類例を集める掛かりでやんしょう」

「やけに詳しいな」

「へへ、そうですかい」

番頭は押し黙った。少しばかり、喋りすぎたとおもったようだ。

又兵衛は「藤吉郎」の頭を指で突っつき、出職に聞いたのと同じ問いを口にした。

「おぬしはどうして、番頭と呼ばれておるのだ」

「さあて、そいつはどうも、あっしにもよくわからねえんで」

そこへ、月代頭の侍がひとり訪ねてきた。

「おい、亀をくれ」

さきほどの連中と同じように一朱払い、釣りの代わりに千社札を貰う。

又兵衛は遠慮して離れたが、千社札に描かれた判じ物は記憶に留(とど)めた。

斧(おの)、軒、宵月(よいづき)、酔っぱらいの男という四つの絵が描かれ、かたわらに「斧(よき)の軒(のき)の宵月(よいづき)や、酔濁点(よいだくてん)の軒の宵月じ」とあった。

それらが何を意味するのかは、よくわからない。だが、謎解(なぞと)きは好きなので、解き方はすぐにわかった。

まずは前半の「斧の軒の宵月や」についてだが、軒は除きと解釈し、何を除けるかといえば斧を除ける。何から除けるかといえば、宵月にほかならず、ひらがなの「よいづき」から「よき」を除けると「いづ」になる。末尾の「や」を付ければ「いづや」になり、同じ方法で後半の「酔濁点の軒の宵月じ」も解いた。ひらがなの「よいづき」から「よい」と「づ」の濁点だけを除けると「つき」になり、末尾の「じ」を付ければ「つきじ」となる。

すなわち、判じ絵のこたえは「いづや、つきじ」となり、築地にある店の名をしめしているものとおもわれた。ただ、それに何の意味があるのか、肝心なことはわからない。

盥の端に帳面が無造作に置いてある。

何気なく手に取り、ぱらぱら捲ってみた。

上から下まで、びっしり数で埋まっている。

番頭が恥ずかしそうに笑った。

「ここ数日の売上でやんすよ」

「ふうん、ずいぶん几帳面だな」

「商売人なら、あたりめえのことでさあ」

「それはまあ、そうだろうがな」

帳面を置き、くっと腰を伸ばした。

「そいつを一匹くれ」

「へい、まいど」

小さな亀を求め、紐で吊るしてもらう。

大川に放してやれば、わずかでも功徳があるかもしれない。

見上げた空は一面、鱗雲(うろこぐも)に覆われている。

凶兆(きょうちょう)であろうか。

「今宵は月を拝めそうにねえな」

ぼそっと漏れた番頭の台詞が、しばらくは耳から離れなかった。

七

中秋の月は雲に隠れ、一度も拝むことができなかった。

そのことを予知していたかのように、兇悪な押しこみ強盗があった。

狙われたのは、築地の呉服問屋である。

翌朝、奉行所内はそのはなしで持ちきりになった。

「奪われたのは千両箱ふたつ、家人も奉公人もみなごろしにされたそうだ」

興奮気味にまくしたてるのは、部屋頭の中村角馬である。

「三日月党のやり口だぞ。頭目は死んだと聞かされたが、どうやら、生きておったらしいな」

小机のまえに座った又兵衛は、どきっとする。「信長」と名乗る頭目を大橋の欄干に追いつめた経緯は、中村には告げていない。

目白鮫の台詞が耳に甦ってきた。

――おぬしは賊を逃がした。賊を逃せば手柄にはならぬ。

やはり、信長は生きていたのだろう。死んだとみせかけて、捕り方を油断させたにちがいない。

「一味のひとりとおぼしき月代侍が捕まった。手代に鎌で足を刈られたようでな、逃げられずに近所の露地裏で捕まったそうだ」

さっそく目付筋で尋問がおこなわれたものの、手負いの月代侍は頭目はおろか、いっしょに押しこみをはたらいた悪党仲間の顔や素姓すらも知らぬらしかった。

「その者の素姓を聞いて驚くなよ」

何と、幕府の書院番をつとめる大身旗本の次男坊であったという。

「札付きの悪でな、酒を呑むと何をしでかすかわからない。鼻つまみ者で、周囲は扱いに困っておったらしい」

何故か、胸騒ぎがする。

中村はさりげなく、驚愕すべき台詞を吐いた。

「襲われた築地の商家は、井津屋と申すそうだ」

「えっ」

「どうした、井津屋を知っておるのか」

もはや、中村の声は聞こえていない。

又兵衛は立ちあがり、御用部屋から飛びだした。

廊下を渡り、内玄関から草履を履いて外へ出る。

少し歩いたさきに書庫があり、整然と並んだ棚には、とんでもない数の冊子が保管されていた。

書庫を行き来する途中で、御奉行の筒井伊賀守と擦れちがったことがある。みずから出向いて地道に調べ物をする姿勢に感銘を受けたが、今は回想に浸っているときではない。

亀売りの「番頭」が月代侍に手渡していた千社札には「いづや、つきじ」と解釈される判じ絵が描かれていた。まさしく、それは昨晩襲われた築地の井津屋にちがいない。すなわち、番頭は「鼻つまみ者」の月代侍たちを集め、千社札を使って襲うべき商家を伝えていたのだ。

商家を襲った連中は、その場かぎりで集められた月代侍たちであった。おたがいに顔も名も知らぬ。それゆえ、捕まっても足はつきにくい。おそらく、平気で人を殺める欲深い連中を市中で見繕い、何らかの方法で集めていたのだろう。

集める役目は「番頭」が担い、ふるいに掛けて残った連中に千社札を手渡した。千社札を携えた者だけが商家を襲う仲間となり、分け前を手にすることができる。千社札はいわば、顔のわからぬ仲間を見分ける通行手形のような役目を果たしていたのだろう。

もちろん、頭目の「信長」は惨劇の場で指揮を執っていたはずだ。「番頭」の飼っていた大亀の名が羽柴秀吉の幼名である「藤吉郎」だったことも、考えてみれば、信長と番頭の繋がりをしめす証しのひとつであろう。

又兵衛は薄暗い書庫へ飛びこんだ。

掛かりの同心に手燭を借り、棚と棚の隙間を縫って奥へと進む。

どの棚にどのような冊子が置いてあるのかは、あらかじめ把握していた。

迷うことはない。調べ物用の床几に積んだ備忘録には、三日月党に関する記録がすべて綴られている。

襲われた日付と盗まれた金額、犠牲になった者たちの数と素姓、あるいは、証しとなりそうなものや出来事など、備忘録を積んでみればかなりの嵩になったが、又兵衛は凄まじい速度で冊子を捲り、記載された文字をすべて記憶に留めた。

留めたうえで、羅列された細かい数を反芻する。

脳裏に浮かべたのは、亀売りが帳面に記した数の羅列だ。

さっと眺めただけであったが、端から端まで記憶していた。

「なるほど、そういうことか」

番頭が帳面に記した数は、売上ではない。

三日月党が商家を襲った日付と奪ったお宝の金額なのだ。

たとえば「七の二十、五百二十五」という数を「文月二十日、五百二十五両」と読みなおせば、備忘録に記載された内容と符合する。記憶のなかでは、すべての数が一致していた。

ただし、番頭の帳面には、備忘録には見当たらぬ数も記されてあった。

――八の十五、二千。

——八の二十二、一万五千。

あきらかに、前者は昨晩の押しこみをしめすものだ。

となれば、もうひとつはこれから、六日後に何処かの商家を襲い、一万五千両もの大金を奪う算段を立てているものと推察できる。

又兵衛は「藤吉郎」の甲羅に彫られた模様をおもいだした。

番頭は亀甲占いだと言ったが、何処かでみたような気がしていたのだ。

「あっ」

わかった。江戸の切絵図である。

大きな両替商が軒を並べる室町を中心にして、東は本所深川の一部、南は京橋のさきまで彫られてあった。甲羅に引かれた朱線の起点は室町にほかならず、細い道をいくつもたどって二股に分かれていたはずだ。

ひと筋は魚河岸の堀留にいたり、日本橋川をたどって三つ股へ、もうひと筋は浜町河岸を越えて薬研堀にいたり、大川を横切って万年橋から小名木川へ向かっていた。

「もしかしたら……」

朱で引かれた線は、逃走経路をしめしているのかもしれない。

室町でお宝を強奪したあと、はたして、どうやって逃げるのか。

信長や番頭にとっては、慎重に吟味しておくべき重大事であろう。

又兵衛はほっと溜息を吐き、静かに冊子を閉じた。

一刻も早く室町周辺への警戒を呼びかけ、番頭と呼ばれる亀売りを捜しださねばならない。

もちろん、又兵衛が陣頭指揮を執るのは無理なはなしだ。

沢尻か鬼左近を口説き、捕り方を動かしてもらうしかなかろう。

他人を説得するのが不得手でも、やらねば犠牲が増えてしまう。

又兵衛は唇を結び、書庫を飛びだした。

八

沢尻ははなしを黙って聞いただけで明確な返答をせず、鬼左近は筋立てが荒唐無稽すぎると一笑に付した。

「あいかわらず、使えぬ連中だな」

腹を立てても詮無いはなし、そもそも、例繰方の当て推量などまともに聞いてもらえるはずがない。いっそ目白鮫のもとを訪ねようかともおもったが、そこまでするからには、みずからの描いた筋立ての裏付けが必要となろう。

夕刻、質屋の大戸屋七右衛門が屋敷を訪ねてきた。

「大黒さまの根付、持ち主がわかりました」

「お、そうか」

「あれだけ見事な細工なら、みつけだすのは造作もありません。持ち主は大店の主人でした」

「なるほど、あの莫迦どもが商人から盗んだか、奪ったのだな」

「商人はすでに、この世におりませんでした」

「死んでおったか」

「陰惨な死に方だったそうで」

三日月党に押し入られた太物屋の主人であったという。

「まことか」

「はい。岡場所荒らしの三人組はおそらく、太物屋に押し入った悪党の一味にござりましょう」

「あやつら、身分の高い家の次男坊か三男坊にちがいない。いずれにしろ、穀潰しであろう」

「身分の高い家の子息なら、町奉行所で裁くのは難しゅうございましょうな」

目付筋に引き渡されたあとは、たいした吟味もおこなわれない。事が表沙汰にならぬように適当な罪状をつけ、時を置かずに切腹させるはずだ。

「浪人ではそうもいきません。厳しい吟味を受ければ、足がつく恐れも出てくる。三日月党の頭目が月代侍ばかりを集めようとするのは、そのあたりを避ける狙いがあるのかもしれません」

市中で喧嘩や刃傷沙汰があれば、小太りの番頭がすぐさま駆けつけ、これと見込んだ月代侍どもとはなしをつけようとするのだろう。

もちろん、金さえ手にできれば人殺しをも厭わぬ連中は危うい。本音では仲間にしたくはなかろう。ただし、兇悪な連中を使い捨てにできるのであれば、使わぬ手はないと考えても不思議ではない。

「そこまで考える悪党は稀にございます。信長とか抜かす頭目、相当に頭の切れる男ですな。されど、三人組の足跡を追えば、三日月の能面を着けた頭目の尻尾を捕まえられるかもしれません」

期待はできよう。ただし、七右衛門は動かぬ。見返りもなしに危ない橋を渡ろうとする男ではない。

「それでは、手前はこれで」

大黒さまの根付を上がり端に置き、七右衛門はそそくさと去っていった。

もう少しつきあってくれと頼むのも忍びなく、又兵衛は黙然と見送るしかない。

こののち、おもいがけぬところで三人組に出会すことになろうとは、このときは想像もできなかった。

翌夕、又兵衛は主税に請われて馬喰町へ向かい、善七の煮売屋までやってきた。

ところが、あいにく見世は閉じており、近所の嬶ぁに尋ねると、夫婦仲良く浜町堀沿いの竹森稲荷へ詣りにいったという。

手ぶらで帰るのも惜しい気がしたので、主税と竹森稲荷へ向かった。

鳥居を潜って境内に踏みこんだ途端、女たちの悲鳴が聞こえてきた。

急いで駆けつけると、参道から外れた薄暗がりに善七が佇んでいる。

「おい、善七」

声を掛けても動かず、呆然としており、どうしたわけか、右手には血の滴る刀を提げていた。

よくみれば、足許に血だらけの侍が転がっている。

侍の仲間とおぼしき人影がふたつ、ゆっくり近づいてきた。

「親爺め、西巻を斬りおったぞ」

吐きすてた月代侍には、みおぼえがある。西巻という姓もおぼえていた。

まちがいない、佃町の岡場所で悪さをしていた連中だった。

ひょろ長い男の後ろには、女房のおまつが蹲っている。

刃物で傷つけられた様子はないが、手込めにされたのはあきらかだ。

又兵衛は咄嗟に情況を把握し、横合いから近づいていった。

おまつを酷い目に遭わされた善七が西巻の刀を奪い、自分でも知らぬ間に斬ってしまったのだろう。

ひょろ長い男が、善七に向かって喋りかけた。

「そのむかし、おぬしの女房を抱いたことがある。品川の岡場所だった。ぐふふ、筆下ろしの相手になってもらったのよ。あのときの味が忘れられず、江戸じゅうの岡場所や寺社を経巡っては、それとなく捜しておったのだ。まさか、女郎が煮売屋の女房に収まっていようとはな。ふん、まあよい。おもいは果たした」

男は刀を抜き、大股で間合いを詰めてくる。

「止まれ」

又兵衛が正面に立ちふさがった。

「ん、おぬし、何処かで会ったな」

「佃町の岡場所だ。掏摸を斬ったであろう」

「ふん、忘れたわ」

参道のほうから、野次馬が集まってきた。

廻り方の同心や岡っ引きも、遅ればせながら駆けてくる。

一方、主税は屍骸(むくろ)のそばにしゃがみ、首筋に指で触れていた。

死んでいるのを確かめると、震える善七のほうに手を伸ばす。

「刀を寄こせ。町人が侍を斬ったら、まず助からぬ」

侍の自分ならば、言い訳も立つと考えたのだろうか。

もちろん、善七が刀を渡すはずもない。

同心が乗りだしてきた。

ひょろ長い男に向かって、素姓を聞きだそうとする。

「逃げも隠れもせぬ。わしは外崎丈四郎(とのさきじょうしろう)。父は御三卿田安(たやす)家の物頭(ものがしら)ぞ。そこの下郎(げろう)に斬られたのは西巻、後ろにおるのは有本(ありもと)だ。ふたりとも、田安家に仕える陪臣(ばいしん)よ。文句があるなら、それなりの者を寄こすがよい」

偉そうに吐きすて、外崎は納刀する。

「待て、若造」

叫んだのは、主税であった。

外崎は振りむき、有本は刀の柄に手を添える。

遠巻きにする野次馬どもは、固唾を呑んで見守った。

又兵衛は止めようとしたが、一抹の躊躇いをみせる。

主税に言いたいことを言わせてやろうとおもったのだ。

相手が激昂して刀を抜けば、一刀で斬り捨ててやればよい、そう考えた。又兵衛なりに、怒りの持って行き場を探していたのであろう。

「耄碌爺め、わしに何か用か」

横柄な外崎にたいして、主税は威厳をもって言いはなつ。

「膝を屈して両手をつき、地べたに額を擦りつけよ。おぬしらのせいで、腕の良い包丁人がこの世から消えてなくなるかもしれぬ。さようなことはな、ぜったいに許されぬのじゃ。平伏して、お上に訴えよ。悪いのは自分たちでございます。包丁人に何ひとつ落ち度はございませぬとな」

「おのれ、言わせておけば」

外崎は蒼醒めた顔で叫び、刀を抜こうとする。

又兵衛は身を寄せ、右の手首を押さえつけた。

万力のように締めつけ、鼻先で脅しつける。

「去るがよい。首を洗って待っておれ」

分が悪いと察したのか、外崎は全身の力を抜いた。

又兵衛が突きはなすと、後ろもみずに去っていく。

善七は刀を捨て、がっくりと両膝を落とした。

同心がそばに近づくと、震える両手を差しだす。

「……ど、どうぞ、お縄に」

おまつが泣きながら、縋りついてきた。

「おまえさん、行かないで」

主税は悄然と佇み、ひとことも発しない。

又兵衛も佇んだまま、慰めることばを失っていた。

「くそっ、何でこうなる」

神仏を呪うしかあるまい。

例類集のなかには「白昼に他家の奥方を赤裸にして不行跡におよんだ旗本子息への罪状」が明記されている。目付筋で下された沙汰は、中追放であった。

すなわち、武蔵、駿河、山城、摂津といった主立った国、東海道や木曾路、日光道中などの主立った街道から追放されるに留まる。

一方、その場に行きあった浪人が奥方を救うべく刀を抜き、旗本子息を傷つけた際の類例もあり、旗本子息が刀を抜いておれば切腹、抜いておらねば斬首とされた。刀を抜かぬ相手を斬れば辻斬りと同等とみなされ、刀を抜いた相手を斬れば侍の面目を立てて切腹が許される。ともあれ、身分の定まらぬ浪人が幕臣を斬った事実は重くみられ、どのような事情があろうとも死罪は免れない。

田安家の重臣子息や陪臣も、旗本子息と同等とみなしてかまわぬだろう。救おうとした相手が町人の内儀ならば、はたしてどうなるのか。これにも類例があり、やはり、旗本子息を傷つけた浪人は死罪となる。

それでは、旗本子息を傷つけた者が町人の場合はどうなるか。その類例はない。ただし、又兵衛には、善七にどのような沙汰が下されるのか容易に想像できた。

町人が女房を救うためにやったという事実は、この場合、まったく考慮されない。町人は刃物を抜いた時点で所払、旗本子息を傷つければ斬首、死にいたらしめたときはいかなる理由があろうとも磔獄門に処せられよう。

善七は同心に縄を打たれ、鳥居の向こうに連れていかれた。

泣きくずれるおまつを支えながら、又兵衛は哀れな包丁人の背中を見送るしかなかった。

九

善七は三四の番屋へ連れていかれ、当面は仮牢に繋がれることとなった。罪状は明白なので、ほどもなく入牢証文が出され、本人の身柄は小伝馬町の牢屋敷へ移されるであろう。

吟味方の詮議はかたちばかりで、町奉行から「侍殺しの罪により磔獄門」という沙汰の伺いが幕閣へあげられる。老中が数多ある伺いのひとつとして書面に承認の判を捺せば、善七の罪は確定し、すみやかに刑は執行されるにちがいない。

善七をよく知る者たちは悲嘆に暮れ、よく知らぬ者たちも同情を抱いた。おまつの嘆きようは尋常なものではなかったが、報せを聞いて葛西から足をはこんできたおとよ婆や孫娘のおさきが懸命に支えつづけた。一方、一人息子の善太郎がどうしているのかはわからない。又兵衛も心当たりを捜してまわったが、みつけることはできなかった。

そうしたなか、田安家の使者と名乗る者が屋敷を訪ねてきた。

善七が捕縛された二日後、奉行所から帰ったばかりのことである。

「都築主税どののお宅はこちらか」

使者は横柄な態度で名乗り、困っているのでどうにかしろと唾を飛ばす。

どうしたのかと問えば、主税が田安家の門前に二刻（約四時間）余りも座りつづけ、時折、わけのわからぬことを喚きちらしているという。

本人のことばを信じれば、八丁堀へ引っ越すまえは駿河台の大きな屋敷に住んでおり、家禄三千石の大身旗本だったらしい。それゆえ、力ずくで退かすこともできずに困っているのだと、使者は嘆いてみせる。

又兵衛は着替える間もなく、裃のまま使者の背にしたがい、御城の北寄りにある田安屋敷へ向かった。

御濠の外までたどりついてみると、主税は田安屋敷の門前ではなく、田安御門へと通じる橋の手前に正座している。御濠を背景に広小路のようにひらけたところで、橋を背にして右手は九段坂、左手は番町の三番町通り、正面の大路を進めば二合半坂へと通じていた。

野次馬たちが人垣を築いている。武家地ゆえか、半分以上は侍だった。

中途半端な位置取りなので、田安家の家臣たちも無理に動かすのを躊躇っているようだ。

又兵衛は使者に袖を引かれ、本人の面前へ連れていかれた。

ぎくりとしたのは、主税が白っぽい麻裃を纏っていることだ。膝前に三方こそ置かれていないが、一見すれば切腹の所作ではないかと、誰もが疑うにちがいない。かたわらには刀が置いてあり、帯には脇差も差している。

「義父上、又兵衛にございます」

「ん、そうか」

主税は顔をあげ、眸子を細める。

「待ちくたびれたぞ。又兵衛よ、砦はまだ落ちぬのか」

「砦とはどちらの」

「鬼玄蕃の守る大岩山に決まっておろうが」

「鬼玄蕃とは、佐久間盛政のことにござりますか」

「そうじゃ。柴田勝家の軍勢にあっては一番の猛将よ」

「賤ヶ岳の戦いにござりますな。して、義父上はどちらのお味方に」

「決まっておろう、羽柴じゃ」

「はあ」

「何としてでも、鬼玄蕃を蹴散らし、大岩山の砦を奪い返さねばならぬ」

「ご心配にはおよびませぬ。お味方はかならず、勝利いたします」

「どうしてわかる。おぬしは、ただの足軽であろう。それとも、先々のことを占う陰陽師か」

　こうしたやりとりを、野次馬どもは面白おかしく聞いていた。もはや、主税が惚け老人であることは理解できているようで、誰もが優しい眼差しを向けはじめている。

　だが、田安家の家臣たちはそうもいかない。

　使者が声を荒らげた。

「ご子息、早く立ち退いてもらわねば困る」

「承知しております。されど、義父は一徹者ゆえ、いったん臍を曲げられたら梃子でも動きませぬ。ここは慎重にいかぬと」

「そもそも、何故に座っておられるのか、理由を質してもらえぬか」

「されば」

　又兵衛は主税に向きなおり、同じ目線になるように正座する。

「義父上、こちらに来られたのは何故か、お教え願えませぬか」

「ふむ、そうであったな」

「もしや、善七のことでは」

「そうじゃ」

主税は後ろ向きに座りなおし、とんでもない大声を張りあげる。

「田安家の物頭さまにもの申したい。ご子息の不行跡により、善良な包丁人がひとり裁かれようとしておる。これほど理不尽なはなしがあろうか。事の次第をつまびらかにお調べいただき、包丁人の命を救うべく、お役を賭してお上にご嘆願いただきたい。しかるのちに、ご子息に厳しい処分を科していただこう。わしはそのことを訴えにまいったのじゃ」

主税はこちらに向きなおり、口をきりりっと真一文字に結ぶや、脇差の柄に手を添えようとする。

すわっ、腹を切るのか。

野次馬どもが身を乗りだした。

田安家の家臣たちは殺気を帯びはじめる。

又兵衛は膝を躙りよせ、主税の手を握りしめた。

「義父上、お気持ちはようわかり申した。それがしのほうから、強く申し入れをいたしましょう」

じっと目をみつめてうなずくと、主税もわかってくれたようで、肩の力を抜いてみせる。

「さあ、まいりましょう」

又兵衛は慈しむように微笑み、主税の肩を抱いて立たせた。

かたわらの刀を拾い、義父を労るように歩きはじめたのである。

田安家の使者は何か文句を言いかけたが、又兵衛が睨みつけると黙らざるを得なくなった。

野次馬の人垣はさっと左右に分かれ、行く手を阻む者とていない。

詳しい事情はわからずとも、主税のやりたいことが伝わったのだとおもう。

主税は命懸けで、善七の名誉を守ろうとした。詮無いこととは知りつつも、ささやかな抵抗をせずにはいられなかったのだろう。

又兵衛は主税の肩を抱きながら、泣きたい気持ちになった。

田安家からどのような抗議があっても、壁となって撥ね返してみせる。

そうした強い気持ちにさせてくれるのは、みずからの気持ちを偽らぬ主税の心構えにほかなるまい。

翌日、又兵衛は沢尻に面談を求め、外崎丈四郎に三日月党の一味である疑いが生じていると訴えた。佃町の岡場所での出来事から順序立てて経緯を述べ、善七への情状酌量を懇願したが、予想どおり、受けいれられるはずもなかった。

もちろん、亀売りのことも再度告げ、明後日二十二日に室町の両替商が三日月党に襲われるかもしれぬと訴えたが、裏付けもなしに捕り方を出すことはできぬと突っぱねられた。

どれだけ拒まれても、又兵衛にあきらめる気はない。

善七のためにも、できるだけのことはしておかねばならぬ。

大亀の甲羅に絵図面を彫った「番頭」をみつけだすのだ。

三日月党に繋がる端緒を是が非でもみつけねばなるまい。

「されど、どうやって……」

もしかしたら、親の笠の下で悪さを繰りかえす穀潰しが鍵を握っているのではないかと、又兵衛はおもった。

十

夜、又兵衛は本所一ツ目弁天の露地裏にいる。

低い空には、赤みがかった更待の月が煌々と輝いていた。

「このあたりには、値の張る茶屋が五軒ばかりある」

かたわらで囁くのは、助っ人に馳せ参じた長元坊だ。

「大和屋に若松に千丸屋、あとの二軒は忘れたが、客の目当ては酒肴じゃねえ。金猫や銀猫と呼ばれる酌取り女が目当てだ」

遊び代は昼三分で夜二分、昼夜通しで一両二分と聞かされても、それが高いのか安いのか、又兵衛にはわからない。

「陪臣の家の穀潰しにとってみりゃ、ちと払いたくねえ額だろうぜ」

長元坊は夕方から、外崎丈四郎を見張っていた。家に居辛い厄介者は夜になれば、かならず悪仲間を誘い、岡場所の周辺を彷徨く。今宵もそうだろうと読み、ふたりで後を尾けたところ、たどりついたのが大橋を渡ったさきの本所回向院に近い岡場所だった。

又兵衛と長元坊は物陰に身を隠し、外崎たちが酒盛りをしている茶屋の二階を睨んでいる。

「いい気なもんだぜ。何の罪もねえ善人を磔台に送った野郎が、酒を喰いながら馬鹿笑いしていやがる」

これほど誰かを斬りたいとおもったのは、今宵がはじめてかもしれない。

又兵衛から異様な殺気を感じたのか、長元坊はすっと身を離した。

「じっと我慢の子だぜ。おめえの読みが当たってりゃ、三日月党の番頭はかならずここにあらわれる。信長とかいう頭目を捕まえるまで、穀潰しどもは泳がしておかなくちゃならねえ」

「わかっておるさ」

「有本とかいう野郎も入れて、悪仲間は三人だ。茶屋にはほかの客もいる。もうすぐ、やつらは揉め事を起こすぜ」

長元坊の言ったそばから、金猫と銀猫の取りあいがはじまった。

茶屋のなかで乱闘騒ぎが起こり、しばらくして、十人ほどの侍たちが外に飛びだしてくる。

月代頭の四人は外崎たちで、ほかは月代を伸ばした浪人どもだ。

殺気を帯びた連中が左右に分かれ、相手をじっと睨めつける。

誰かひとりが抜けば、一斉に剣戟がはじまるにちがいない。

「お待ちを、お待ちくだされ」

茶屋の表口から、人影がひとつ飛びだしてきた。

小太りの町人髷、亀を売っていた番頭にほかならない。

又兵衛は長元坊に顔を向けて、軽くうなずいてやった。

番頭は浪人たちと交渉し、呑み代を持つことで事を丸く収めた。

浪人たちが渋い顔で去っていくと、外崎に向かって文句を並べる。

「これからの仕事に差しつかえる。そのあたりにしといてもらおう」

高飛車な態度に腹を立てるかとおもいきや、外崎はへらへら笑いながら素直に謝った。

「すまぬ、すまぬ。ふふ、酔うてはおらぬゆえ、案ずるな」

「ほかの連中は一回こっきりだが、あんただけは特別なんだ。信長さまも、あんたにゃ目を掛けていなさる」

「ああ、わかっておる。ところで、つぎの仕事のことだが」

「千社札はお持ちしやしたよ。へへ、なかでゆっくりはなしやしょうや」

外崎たちは茶屋に戻っていった。

しんがりの番頭は、左右を確かめてから敷居をまたぐ。

「さて、どうする」

長元坊が舌舐めずりをしてみせた。

江戸はたしかに広いが、兇悪でなおかつ使える月代侍はそう容易くみつけられるものではない。

番頭はかならず外崎に接触してくる、という又兵衛の勘は当たった。

ただし、ここからさきのことは考えていない。

番頭の後を尾け、三日月党の隠れ家を突きとめるべきなのか。

目白鮫や鬼左近ならそうするだろうが、かりに頭目の信長を捕まえられたとしても、外崎たちは逃してしまうことになる。外崎たちの悪行を証し立てするには、明後日の晩に賊どもが商家を襲ったところを一網打尽にするしかなかった。

「番頭を泳がすのは、ちと勇気がいるな」

「尾けてもいい。だが、まんがいちにも気取られたら、すべてが水の泡になる」

「わかった。でもよ、何処の店を襲うのかは、わかってねえとまずいぜ」

「千社札だ。千社札を奪う」

「さっき、番頭が持ってきたようなことを言ってたな。その千社札に店の名が書いてあんのか」

「書いてあるのは判じ物やなぞなぞだ。知恵のないやつには解けぬ」

「けっ、どうしてそんな手間を掛けるのか、おれにゃよくわからねえな」

「たぶん、頭目の信長が判じ物好きなのだろうさ」

「まあいいや。で、誰から奪う」

「欠けても支障のなさそうな男がよかろう」

「外崎以外は、みんな同じさ。いつやる」

「今晩じゅうだ。千社札を手に入れたら、目白までひとっ走り、使いを頼みたい」

「目白鮫を動かすのか」

「ああ、そうだ」

「ふふ、目白鮫が来ねえほうに、一両賭けてもいいぜ」

先々の段取りまで相談し、あとはひたすら宴が散会になるのを待った。

番頭は半刻（約一時間）足らずで茶屋を去ったが、阿呆侍たちの宴は明け方近くまでつづいた。

冬場であれば、からだが凍りついていたことだろう。

番頭を泳がしたことが吉と出るか凶と出るか、それは明日の夜になってみなければわかるまい。

阿呆侍たちは茶屋から出ると、外崎と有本以外のふたりはばらばらになった。

そのうちのひとりに背後から近づき、当て身を喰わせて眠らせた。

懐中を探って財布を取りだし、財布の口を開けると、千社札が仕舞ってある。

もはや、財布にも男にも用はない。掏摸を装うべく、財布はどぶ川に捨てた。

ひらいた千社札には判じ絵ではなく、謎が記されている。

「月は上より欠けて山城に逆さ落つ、六々待……おいおい、何だこりゃ」

長元坊は匙を投げたが、又兵衛は一瞬で謎を解いた。

「わかったのか。凄えな」

月は上より欠けてとあるので、まずは「つき」の上の「つ」を消して「き」を残す。さらに、山城に逆さ落つについては、ひらがなにした「やまじろ」の「ろ」を消し、残った「やまじ」を逆さにすれば「じまや」となる。さきほどの「き」に「じまや」をくわえると「きじまや」となり、それが店の名であった。なお、六々待は「むろまち」の替え字にすぎない。

「室町の木島屋か。あるぞ、室町のなかでも名の通った両替商だぜ」

賊どもの狙いはわかった。

「あとは、どうやって網を張るか」

目白鮫を籠絡できるかどうかにかかっている。

「きっと来る。来るほうに一両賭けてもいい」

又兵衛は充血した目を剝き、期待を込めて言いきった。

十一

二十二夜は下弦の月、真夜中に昇り、明け方に南中する。

又兵衛は室町の片隅に身を潜めていた。

見上げた空には叢雲が流れ、時折、半月が顔を覗かせる。

「賊どもにすれば、恨めしい月だろうぜ」

長元坊は溜息を吐き、ぶるっと馬のように胴震いしてみせた。

「へへ、武者震いだよ」

日本橋の北詰めは大路に沿って、室町、本町、十軒店本石町、本銀町とつづいていく。江戸随一の賑わいをみせる目抜き通りにほかならず、大路と交差する東西の往来にも呉服商や両替商などの大店が軒を並べていた。

木島屋は室町一丁目の四つ辻、日本橋からみて大路に沿った左手の角地にあり、両替御用達の金看板を堂々と掲げている。

又兵衛たちは気配を悟られぬように、大路を挟んだ反対側から表口を見張っていた。

室町ひとつ取っても、注視すべき範囲はとんでもなく広い。行き交う人の数だけでも膨大だった。今は閑散としているものの、捕り方を五十人動かしたところで、すっぽり網を掛けるのが難しそうなところだ。

「遠いな」

暮れ六つ（午後六時頃）から潜んで様子を窺っているのだが、行き交う人の数だけでも膨大だった。

「ふたりしかいねえとなりゃ、あきらめもつくってものさ」

奉公人のなかに手引きする者がいるかもしれぬので、申し訳ないが、木島屋には通告していない。もちろん、ひとりとして犠牲を出さないように動くつもりだ。いざとなれば呼子を吹きまくり、喊声をあげながら躍りこんで、賊と渡りあわねばなるまい。

腹を決めたつもりでも、不安は拭いきれなかった。

目白鮫が助っ人に来てくれれば、どれだけ心強いことか。

だが、目白鮫はいっこうにあらわれない。

「そろそろ、あきらめたほうがいいんじゃねえのか」

長元坊の言うとおりかもしれなかった。

町木戸の閉まる亥ノ刻（午後十時頃）は疾うに過ぎているのだ。

「賭けは、おれの勝ちだ。へへ、一両は貰ったぜ」

それから、さらに半刻ほどは待ったであろうか。

月明かりの下、黒い人影がひとつ、すっと視線の先を横切った。

「来た」

身を乗りだした途端、ふたりの背後に殺気が迫る。

「動くな」

又兵衛は刀の柄を握り、ゆっくり首を捻った。

「あっ」

眼前に立っていたのは、鎖鉢巻を締めた目つきの鋭い男だ。

「……め、目白鮫」

長元坊が驚いて漏らす。

はじめて間近でみた者は、圧倒されるにちがいない。

あいかわらず、五体から発する威圧が尋常ではなかった。

「あれは物見役、主役が来るまで少しだけ暇はある」

「お越しくださり、かたじけのうござります」

「書状の文字が達筆ゆえ、無視もできなんだ。しかも、差出人は伊呂波伊左衛門とあった。十に九つの空振りはあたりまえ、先手組が出役を躊躇ってはならぬ。忘れかけていた心得のいろはのいを、書状の主におもいださせてもろうたわ。といっても、連れてきたのは五人だがな」

「五人にございますか」

あまりに少ない。賊の数はわからぬが、今までの例から推せば、まちがいなく十人ほどにはなろう。

「すでに、五人は木島屋に潜りこませておる。寝所のそばに三人、表口と裏口にひとりずつ、それで充分だろう」

選りすぐりの配下を連れてきたにちがいない。たしかに、相手を斬って捨てるつもりなら、少数精鋭のほうがやりやすいのかもしれない。

「信長と名乗る頭目の素姓も見当はついておる」

「まことですか」

「ふむ。名は平子源蔵、田安家の元剣術指南役だ」

「えっ」

二年前、酒席の失態で御役御免となった。訴えたのは誰あろう、物頭の外崎右膳であったという。

「平子は禄を失って人の道を外れ、兇悪な物盗りに堕ちた。外崎家の次男坊を引きこんだのは、外崎右膳への恨みからかもしれぬ」

「なるほど、そういう経緯があったのですか」

「平子は甲源一刀流の免状持ちだ。ほかの連中もおそらく、日頃から市中で悪さをはたらいている穀潰しどもであろう。わしらは最初から、縄を打つ気などない。おぬしも隣の海坊主も、その覚悟でおれ」

難しい段取りはなかった。賊どもを店の内に誘いこみ、配下に片っ端から討ち取らせる。板塀の外に逃れてきた者があれば、目白鮫と又兵衛、それと長元坊が三人で討ち取ればよいのである。

「わしは表口、おぬしらは裏口へまわれ」

「木島屋の家人と奉公人は」

「案ずるな。蔵に入れて、鍵を掛けておく」

「かしこまりました」

さすが目白鮫、頼り甲斐のある男だ。

南町奉行所の上役でいてくれたら、どれほど楽なことか。

などと考えても詮無いはなし、半月は叢雲に隠れつつある。

視線のさきを、黒い影がつぎつぎに横切っていった。

「ひい、ふう、みい、よ……おもったとおり、十人はおるぞ」

目白鮫はうそぶき、顎をしゃくって指図を出す。

三人は腰を屈め、忍び足で大路を横切った。

そのあいだにも、賊どもは表口に吸いこまれていく。

最後にひとりだけ、見張りが表口に残った。

小太りの体形から推せば、番頭にちがいない。

「任せておけ」

長元坊がうなずき、陣風（じんぷう）となって迫った。

店の内から、突如、怒声（どせい）が聞こえてくる。

「くおおお」

剣戟がはじまったのだ。

はっとばかりに、番頭が逃げだす。

長元坊は土を蹴り、番頭の背中を追いかけた。

目白鮫は表口に陣取（じんど）り、素早く襷掛（たすきが）けをする。

「御免」

又兵衛はひとこと発し、裏口へ走った。

板塀の向こうでは、怒号や断末魔の叫びと金音が響いている。

裏口へたどりついたが、誰も飛びだしてくる気配はない。

「ええい、ままよ」

裏木戸を開け、頭から飛びこんだ。

やにわに、賊のひとりが斬りつけてくる。

「ぬりゃ……っ」

外崎といっしょにいた有本だ。

又兵衛は真下に沈み、背帯から抜いた十手で鳩尾を突いた。

「うっ」

ひとたまりもない。

昏倒した有本には目もくれず、同心たちの助っ人に向かう。

賊は三人に減っていた。味方も無事ではなく、対峙しているのは三人だけだ。

三人とも肩で息をしていた。敵方のひとりに手こずっている。

言うまでもなく、それは能面を着けた頭目にほかならない。

「助っ人いたす」

又兵衛は叫び、腰の兼定を抜いた。
左右のふたりには目もくれず、信長と名乗る頭目に突きかかっていく。
信長は不意を衝かれ、海老反りに仰け反った。
「ねいっ」
又兵衛はひょいと切っ先を持ちあげ、上段から刺し面を見舞う。
――かん。
甲高い音とともに、面がふたつに割れた。
信長は片手で顔を隠し、くるっと踵を返す。
表口から外へ飛びだしたが、そこからさきへは逃げられない。
目白鮫が刀を右八相に構え、仁王のごとく立ちはだかっていた。
「ぬうっ、くそっ」
信長は脇構えから、胴を狙って斬りつける。
――ばすっ。
刹那、目の覚めるような袈裟斬りが繰りだされた。
信長は声もなく、仰向けにひっくり返る。
絶命したのだ。

——ぶん。

目白鮫は樋に溜まった血を振り、見事な手捌きで刀を納めた。

背後の表口からは、配下たちも飛びだしてくる。

「鮫島さま、終わりましてございます」

「ご苦労」

先手組きっての強面与力は、威厳に溢れている。

仰向けになった信長の顔は、顎のしゃくれた三日月に似ていた。

双眸を瞠り、いったい何をみているのか。

眸子に映っているのは虚空でしかない。

通りの向こうから、長元坊も戻ってきた。

襟首を持って引きずっているのは、亀売りの番頭にほかならない。

番頭と有本は生きている。少なくとも、ふたりの口書を取れば、三日月党の全容はあきらかにされよう。

又兵衛は店の内へ戻り、血だらけの屍骸の顔をひとつずつ確かめた。

「おらぬか」

外崎丈四郎は、押しこんだ賊のなかにいなかった。

目白鮫が近づいてくる。

「悪運の強い男だ。そやつの始末は、おぬしに任せる」

「えっ、よろしいのですか」

「そやつのせいで、腕のいい包丁人が磔になるそうではないか」

「よくご存じで」

「風の噂に聞いたのさ。おぬしも関わっておるのだろう」

「ええ、まあ」

「世の中には死んだほうがいい悪もいる。骨の髄から腐ったやつは、骨ごと断ってやるしかなかろう。おぬしがどう始末をつけようが、わしの知ったことではない。文句を言う者がおれば、切捨御免の先手組がやったことにすればよい」

礼を言うわけにもいかず、ただ、深々と頭をさげた。

「おぬしが頭をさげることはない。頭をさげるべきは、数寄屋橋で偉そうにしている連中であろうよ」

目白鮫のことばに、少しは溜飲が下がる。

もちろん、素直に喜ぶことはできない。

又兵衛には気の重い役目が残されていた。

十二

　二十三日、皮肉にも善七の刑は確定し、四日後の夕刻には小塚原の刑場で磔獄門に処されることとなった。

　馬喰町の煮売屋には使いを出したが、おまつたちが最期の瞬間に立ちあうかどうかはわからない。善太郎の行方は杳として知れず、父親のこうむった理不尽な仕打ちを知っているのかどうかさえも確かめられなかった。

　処刑当日の午後、又兵衛は小伝馬町の牢屋敷へおもむき、顔見知りの牢役人に頼んで善七と会わせてもらうことにした。

　竹森稲荷で縄を打たれてから、すでに十日が経っている。

　三四の番屋を何度か訪ねてはいたが、小伝馬町に移されてからは会うのははじめてだった。

　牢屋敷は何度来ても気が重くなる。南西の表門を潜ると正面の右寄りに玄関があり、その脇が吟味をおこなう穿鑿所だった。牢屋同心たちの御用部屋を隔てて、右手前には獄卒石出帯刀の屋敷があり、南東側の奥には帳面蔵や米蔵が並ぶ。さらにその奥、東の角には死罪場や様斬り場があり、斬首の沙汰を下された罪人たちの刑はこちらで執行された。

ほかの広々とした敷地には、平屋の牢屋棟が建てられている。

又兵衛は玄関の左手へ向かい、張番所の手前から左手の木戸を潜った。

潜ってすぐ脇には改番所、その奥には拷問蔵があり、固い地面を挟んで正面には牢屋棟が建っている。

善七は牢屋棟の左寄り、西の大牢へ入れられているはずだった。

鍵役同心のはなしでは、繋がれてから毎日かならず朝と夕には、女房のおまつが梅干し入りの結びと古漬けを携えてきていたらしい。結びは古株の囚人たちに横取りされてしまうのだが、今朝だけは古株連中も遠慮した。なかには惜別のことばを掛けた者まであり、善七は涙を流しながら結びを美味そうに頬張っていたという。

おまつが夕刻に訪れても、善七は結びを食べることはできない。日没前までには刑場に連れていかれ、磔柱に縛りつけられるはずだ。引廻しの恥辱だけは回避できたが、それは例繰方の又兵衛が書面で訴えたおかげであった。

「せめてもの配慮だ」

類例のないことでもあり、町奉行の筒井伊賀守は黙認してくれた。

名を告げずとも、牢役人たちは又兵衛の顔を知っている。内勤の例繰方が訪ねてくるのは稀にもないことだが、又兵衛だけは時折やってきた。類例と照らし合わせて極刑を科さねばならぬ罪人がいたら、その者の最期を見届けに足をはこぶ。又兵衛が役目に忠実な与力であることを、牢役人たちはわかっているのだ。

鍵役同心は何も言わず、西の大牢へ導いてくれた。

あらかじめ言われていたのか、善七が格子戸（こうしど）の留口を潜って鞘土間（さやどま）へ出てくる。

もちろん、手枷（てかせ）は嵌められており、胡麻塩の髪も乱れていたが、存外に元気そうなので安堵（あんど）した。

鍵役同心も格子の向こうにいる囚人たちも、遠慮してこちらに背を向けている。

善七は頭をさげた。

「平手さま、お心遣い痛み入ります」

「わしは何もしておらぬ。おぬしを刑場へ送る手伝いをしただけだ」

「それが平手さまのお役目、致し方のないことでござります」

「すまぬ、善太郎はみつけられなかった」

「よろしいんですよ。平手さまのせいじゃねえ。おまつは小塚原に来ますかね」

「おぬしは来てほしいのか」

「さあ、わかりません。みっともねえすがたをみせたかねえが、最期をみといてほしい気もいたします。どっちにしろ、おまつにこれだけは伝えときてえ。まちがっても、命を粗末にするんじゃねえと」

「わかった。ちゃんと伝えておこう」

善七はほっと溜息を吐き、もじもじしだす。

その理由が、又兵衛にはすぐにわかった。

「善太郎に、何か言い遺すことはないか」

「よろしいんですか」

「かまわぬ。正直な気持ちを言ってくれ」

善七は息を詰め、一気に喋りだす。

「おまつのことは悪かった。おめえを産んだおっかさんが死んだのは、おれが苦労を掛けちまったせいだ。おめえにゃ淋しいおもいをさせたな。でも、おまつは悪い女じゃねえ。おっかさんの供養も、ちゃんとやってくれている。おめえは、むかしっから手先が器用な子だった。勝手場に立てば、きっといい仕事ができる。口にゃ出さねえが、おれはそうおもっていたんだ。おめえが勝手場に立ってくれるすがたを夢にまでみてた。でも、そいつはただの我が儘だ。親の言うことなんざ聞かず、好きなように生きればいい……すんません、長ったらしくなっちまって」

「そういうものさ。ほんとうの気持ちなんざ、簡単に伝えられるものではない。おぬしの言ったことは一言一句漏らさず、善太郎に伝えてやろう」

「……あ、ありがとうごぜえます。これで、おもい残すことはありません」

善七は手枷を外され、格子の向こうへ消えていった。

西の大牢を出ると、杏色（あんずいろ）の夕陽が西にかたむきはじめている。

玄関口には、検屍与力（けんしよりき）のすがたがみえた。

白衣に着替えた善七はほどもなく、羽掻縄（はがいなわ）を掛けられたすがたであらわれる。

獄卒の石出帯刀や牢屋同心たちが立ちあうなか、検屍与力が断罪状を読みあげ、善七は受書に爪印（つめいん）を捺さねばならない。立ちあいに呼ばれた名主（なぬし）や家主なども連判し、手続きをすべて終えたあとに刑場へ移されるのだ。

又兵衛は神田川（かんだがわ）を渡り、ひとあし先に刑場への道をたどりはじめた。

千住宿（せんじゅしゅく）の手前まで二里近くはある道程（みちのり）も、今日ばかりは短く感じられる。

人の一生とは呆気（あっけ）ないものだ。

釣瓶（つるべ）落としの夕陽のように、一瞬で幕を閉じてしまう。

善七は引かれながら、どんなおもいでいるのだろうか。

もっと生きたいという未練が少しでもあれば、この世の理不尽を嘆かざるを得ぬであろう。

牢屋敷からどれほど歩いたのかもわからない。

やがて遠くに、小塚原の刑場がみえてきた。

街道を行き、泪橋と名付けられた短い木橋を渡る。

骨ケ原とも呼ばれる刑場は凄愴として、又兵衛の侵入を阻んでいた。

真っ赤な夕焼けを背にして、長さ二間の磔柱が墓標のように立っている。

五寸角の太い栂柱には、上下に二寸角の横木が通されてあった。

善七はあそこに、手足の開いた恰好で縛りつけられる。

非人ふたりが大身槍を構え、左右から肋骨を狙って突き刺すのだ。

背中から穂先が一尺ほど飛びだすほどの勢いで貫き、屍骸が磔台から降ろされるのだが、それで終わりではない。屍骸は首と胴を切りはなされ、首は非人が水で洗って俵に入れる。そして、獄門検屍の手で長さ四尺の獄門台に載せられ、三日二夜のあいだ晒されるのである。

罪人の屍骸は浅く掘って捨て置かねばならぬため、夜な夜な山狗どもが屍肉を漁りにやってくる。無数の骨が堆積する骨ヶ原には、この世に未練を残す罪人たちの怨念が渦巻いていた。

――ぎっ、ぎぎっ。

耳に聞こえてくるのは、雁が音であろうか。

茜空を見上げれば、雁が竿になって飛んでいる。

善七を迎えに、常世から飛来したのであろうか。

薄原はざわめき、一帯は燃えるような夕陽に染めぬかれる。

人影もない刑場に佇み、又兵衛は途方に暮れるしかなかった。

十三

翌夕、質屋の大戸屋七右衛門が訪ねてきた。

「お捜しの相手、みつかりましたよ」

別に頼んだわけではなかったが、七右衛門は外崎丈四郎の居場所を捜しあてたのだという。

「父親が深川の島田町に妾を囲っておりました」

父の外崎右膳は田安家の物頭だが、入り婿で妻に頭があがらない。それゆえ、妾を囲うのも内密にしなければならず、商人の妾宅が多いことで知られる島田町に部屋を借りるしかなかったらしい。

妾宅で丈四郎を匿う理由は、息子を失いたくないか、息子に弱味を握られているかのどちらかだろう。

「闇の取引で一時、田安家秘蔵の刀剣が出まわったことがありました。どうやら、それが重臣を経由して売られた故買品だったようで、ちょっとした噂になりましてね」

「重臣というのが、もしや」

「はい、物頭の外崎右膳でござります。おおかた、妾を囲う小遣い欲しさで盗んだのでしょう。侍のくせに、ずいぶんしみったれたまねをする」

次男坊の丈四郎はそのことを知り、父親を強請っていたのかもしれない。性悪な丈四郎なら、それくらいのことはしかねなかった。

「子も子なら、親も親というはなしでござります」

七右衛門に案内され、鎧の渡しから小舟に乗った。

船頭の操る艪の音が「ぎっ、ぎぎっ」と聞こえてくる。

「雁が音か」

「噂に聞きましたよ。磔になった包丁人、立派な最期だったと」

「ああ、立派だったさ。槍を向けられても、堂々と前を向いてな。泣き言も漏らさず、微笑んでさえおった。侍でも、ああはいかぬ」

「さようでしたか」

善太郎もおまつも、刑場にはすがたをみせなかった。もっとも、おまつのほうはおとよ婆や孫娘のおさきに支えられ、すぐ近くまで来てはいたのだが、どうしても泪橋を渡ることができず、橋の手前に跪いて祈りを捧げていた。

「人の値打ちは死に様でわかります。侍であろうが町人であろうが、金持ちであろうが貧乏人であろうが、磔台に縛られたら誰もがみな同じ、どんなふうに死んでいくのかが問われます」

善七は立派に死んだ。堂々とした最期のすがたは噂となり、人々の口の端にのぼることだろう。

「息子も知ることになりましょう。ひょっとしたら、もう知っているのかも」

せめて、そうであってほしいと願う気持ちもある。

小舟は静かに大川を横切り、深川佐賀町の手前から舳先を仙台堀へ突っこんでいった。

次第に口数は減り、亀久橋を右に折れて三十三間堂を右手前方にみつけた頃には、何ひとつ喋らなくなる。ふたりは島田町の一隅で陸にあがり、黒塀の仕舞屋がつづく露地を何度か曲がった。

「あそこにござります」

七右衛門が指を差したのは、袋小路のどんつきに建つ仕舞屋だ。

佃町の岡場所と似たような小路だが、雰囲気はまったくちがう。

この界隈で男たちに囲われる女は例外なく、春を売って生活を立ててきた。妾も生きぬく術のひとつだが、双六で言えば運がよいほうのあがりに近い。外崎父子に引導を渡せば、妾の食い扶持を奪ってしまうことになる。わずかに躊躇いがあるとすれば、そのことであろう。

「なあに、ご心配にはおよびません。それほどやわな連中じゃない。何があろうと、女たちはしぶとく生きぬいてまいります」

島田町に降りたったあたりから、七右衛門はあきらかに人が変わってみえた。水を得た魚のように生き生きとし、故買品も扱う質屋の貧相な主人というより、土地を仕切る地廻りの親分か何かのようで、土地鑑のない又兵衛にとっては頼り甲斐のある人物に映った。

「妾はおりませんよ。父親が何処かに移したようで。危うい次男坊とひとつ屋根の下に住まわせるわけにもいきませんから」

丈四郎はほとぼりが冷めるまで、じっと身を潜めるつもりだろう。一方、右膳は先手組に捕まった有本らの証言から息子の悪行があきらかにされつつあるなか、みずからに火の粉が降りかからぬように必死の裏工作をおこなっているのにちがいない。

御三卿田安家の物頭ならば、多少のことは揉み消すことができる。そうした慢心が仇になるということを、きちんとわからせてやらねばなるまい。

「父親はかならず、今時分に様子を窺いにまいります。ふふ、どら息子が妾宅から抜けだして悪さをせぬかどうか、案じられてならぬのでしょう」

陽が沈み、あたりは薄暗くなってきた。

又兵衛は七右衛門と物陰に潜み、妾宅の表口をみつめた。

唐突に板戸が開けられ、蒼白い顔の丈四郎が抜けだしてくる。

帯に大小を差しているので、何処かへ出掛けるつもりだろう。

じっとしているのが我慢できなくなったのだ。

いまだ、父親があらわれる気配はない。

又兵衛は覚悟を決め、物陰から踏みだした。

気づいた丈四郎が身構える。

「何だ、おぬしは」

問われても応じず、五間ほどまで間合いを詰めた。

「寄るな、斬るぞ」

丈四郎は腰を落とし、素早く刀を抜いてみせる。

「ほう、少しはできるらしいな」

「甲源一刀流の免許皆伝さ」

「嘘を申すな。甲源一刀流の免状を持っておったのは、三日月党の頭目であろう」

「ふん、信長は死んだと聞いた。おぬし、先手組の者か」

「そうみえるなら、おぬしの目は節穴だな」

「あっ、不浄役人か。何処かで会ったな」

「最初は佃町の岡場所だ。おぬしは女たちに狼藉をはたらき、平然と掏摸を斬った。あれは人のすることではない。悪鬼羅刹の所業だ。しかも、おぬしは包丁人の善七を磔台に送った。善七は女房のおまつを救うべく必死に抗い、おぬしの仲間の刀を奪って、そやつを斬った。侍殺しの罪で縄を打たれ、磔獄門の沙汰を下されたのだ。善七の首は今も、小塚原の刑場に晒されている。鴉に突っつかれ、両目を剔られているかもしれぬ。理不尽とはおもわぬか。何もかも、外崎丈四郎という外道のせいで起きたことだ」

又兵衛の口調は静かだが、月代は真っ赤に染まっている。

丈四郎は唾を飛ばした。

「黙れ、糞役人。掏摸や包丁人が何人死のうと、わしには関わりのないことだ」

「さようか。まあ、言うだけ無駄であったな」

又兵衛は、すっと刀を抜いた。

刃引刀ではなく、和泉守兼定である。

互の目乱の美しい刃文に、丈四郎の目が吸いよせられた。

「されば、覚悟せよ」

又兵衛は大上段に構え、ぐっと身を寄せる。

「待て」

丈四郎は発し、刀を足許に抛った。

膝を屈し、地べたに正座する。

「おぬしには勝てそうにない。勘弁してくれ」

「情けない。命乞いか」

と、そこへ、誰かが血相を変えながら駆けつけてきた。

確かめるまでもない、父親の外崎右膳であろう。

「おい、そやつを斬るな。わしは御三卿田安家の物頭じゃ」

「それがどうした」

又兵衛は刀を掲げたまま、ぐいっと首を捻る。

おそらく、鬼の顔にみえたであろう。

右膳はたじろいだが、身についた横柄な態度をあらためることはできない。

「おぬし、捕り方か。何処の者じゃ。そやつを斬れば、おぬしも無事では済まぬぞ」

「無事では済まぬのは、そっちのほうだ」

「悪いことは言わぬ。刀を納めれば、大事にはせぬ」

「大事にはせず、みずからで始末をつけると申すのか」

「そうじゃ。侍ならば、みずからで始末をつけねばなるまいが」

「そのことば、信じてよいのだな」

「信じてよい。おぬしとて、命乞いまでしておる相手を斬るのも忍びなかろう」

「たしかに」

又兵衛はうなずき、刀を下に降ろす。

にやりと、丈四郎が笑った。

又兵衛は見逃さない。

「うりゃ……っ」

腹の底から気合いを発し、兼定を一閃させた。

又兵衛以外は、何が起こったのかもわからなかったであろう。

反動をつけずに繰りだされた峰打ちが、丈四郎の鎖骨を叩き折ったのだ。

「……な、何ということじゃ」

又兵衛は納刀し、父親のほうに向きなおる。

痛みに震える我が子を見下ろし、右膳は惚けた顔でつぶやいた。

「右の鎖骨を折った。切腹は難しかろうが、それが外道の宿命と心得よ。おぬしもそうしてほしくば、右の鎖骨を折ってつかわす」

睨みつけてやると、右膳は慌てた。

「……ま、待ってくれ」

「何を待てばよい。おぬしら父子を縄目にし、広く世間に悪行を知らしめることはできる。されど、それも面倒臭い。おぬしは言った。みずからで始末をつけると。おぬしも侍の端くれなら、容易く約定を違えるな。外道息子のみならず、みずからの始末もつけてみよ」

切腹は武士に残された最後の名誉である。窮地に追いこまれた外崎右膳には、切腹以外に選択の余地はなかろう。

又兵衛は右膳にわざと肩をぶつけ、すたすたと離れていく。

右膳は両膝を地べたにつき、石仏のように動かなくなった。

油堀の桟橋には、小舟が一艘浮かんでいる。

七右衛門に誘われ、又兵衛は船上の人となった。

夜空に月はなく、鬢を揺らす川風は涼しい。

「すっかり秋になりましたね」

と、七右衛門が囁きかけてくる。

又兵衛は軽くうなずき、漆黒の川面に手を伸ばす。

冷たい水に触れながら、これでよかったのだろうかと、胸の裡に問いかけた。

十四

翌日、島田町で惨劇があったと、七右衛門が伝えてくれた。

父が子を斬り、みずからは切腹して果てたのだ。

やはり、外崎右膳は侍の矜持を捨てきれなかったのであろう。

鬱々とした気持ちを抱えたまま、四日が経った。

門前には植木市で求めた鉢植えの菊が飾られていた。

長月に暦が替わって三日目は、善七の初七日でもある。

罪人の追善供養は法度で禁じられていたが、仏間に籠もって祈りを捧げた。

夕方になり、ひょっこり訪ねてきたのは、おとよ婆である。

「旦那さま、善七の見世に、今からご足労願えねえだろうか」

賄いで長年世話になったおとよ婆に懇願されれば、拒むことなどできようはずもない。

じつは、ひとつ気になる噂を耳にしていた。善七の首は三日二晩晒されたが、晒しが終わって取り捨てにされたのち、持ち去られてしまったのだという。山狗の仕業かもしれぬが、非人のなかには若い人影をみたという者もあった。

善太郎かもしれないと、又兵衛はおもっていた。

もちろん、確たる証しはないが、その噂をおもいだしたのだ。

おとよ婆は、足労してほしい理由を告げようとはしなかった。

「わしも連れていけ」

と、言いはる主税もともない、馬喰町の煮売屋へやってきた。

すでに、陽は落ちている。

低い空には、三日月が輝いていた。

なかなか拝むことができぬ月ゆえか、主税は口をぽかんと開け、いつまでも眺めている。

煮売屋の表戸は閉まり、休みを告げる貼り紙も見受けられた。

だが、戸口に近づいてみると、敷居の向こうに人の気配がする。

しかも、ひとりやふたりではない。大勢の笑い声が聞こえてくる。

「善七を好いていた常連さね」

おとよ婆が戸を開けると、みなの目が一斉に向けられた。

おまつとおさきが酒肴を運んだり、客の相手をしている。

そして、勝手場には若い男が捻り鉢巻で立っていた。

善太郎である。

「おっかさん、ほら、大事なお客さまがおみえだよ」

仲違いしていたはずの義理の息子に呼ばれ、おまつはとびきりの笑顔をつくった。

「平手さま、ようこそ、お越しくださいました」

「ふむ、見世をまたはじめるのか」

「はい、喪が明けたら、またはじめようかと。善太郎に背中を押されましてね。勝手場のほうは任せてほしいって言うものですから」

「そうか、そいつはよかった」

牢屋敷で善七に託されたことばは、一言一句おぼえている。

だが、敢えてふたりに伝える必要はないのかもしれない。

善七の気持ちは、疾うに通じていたのだ。

「おい、わしのことを忘れるな」

後ろで、主税が声を張りあげた。

つられたように、みなが動きだす。

床几のまんなかに座ると、さっそく燗酒と古漬けが出された。

主税は燗酒をちびりと呑み、おとよ婆の漬けた胡瓜の古漬けを囓る。

「ひいっ、舌が痺れる。古漬けは、こうでなくてはならぬ」

善太郎が腕によりをかけてつくった肴も出された。

鯊の甘露煮に里芋の煮っ転がし、ちぎり蒟蒻に豆腐の鴫焼き、ありふれた煮売屋のおかずが珠玉の料理におもえてくる。

「おほっ、この味じゃ。この味さえあれば、客はまた来たくなる」

主税は盃をあげ、みなの気持ちを盛りあげた。

しんみりとせず、気の置けない仲間同士でわいわい騒ぐ。

そういうやり方こそが、善七の追善供養にはふさわしい。

見世の暖簾を振りわければ、身分の差も貴賤の差もすべてなくなる。安い酒と美味い肴さえあれば、誰もが和気藹々と打ち解けあうこともできよう。おそらく、善七はそんな見世をつづけたかったにちがいない。

耳を澄ませばとんとんと、勝手場から小気味よい包丁の音が聞こえてくる。

「心配はいらぬ。もう、大丈夫だ」

又兵衛は泣き笑いの顔でつぶやき、煤けた天井に掲げた盃を一気に呑み干した。

この作品は双葉文庫のために書き下ろされました。

双葉文庫

さ-26-52

はぐれ又兵衛例繰控【六】

理不尽なり

2022年11月13日　第1刷発行

【著者】
坂岡真

【発行者】
箕浦克史
【発行所】
株式会社双葉社
〒162-8540 東京都新宿区東五軒町3番28号
［電話］03-5261-4818(営業部)　03-5261-4868(編集部)
www.futabasha.co.jp(双葉社の書籍・コミックが買えます)
【印刷所】
中央精版印刷株式会社
【製本所】
中央精版印刷株式会社

【フォーマット・デザイン】
日下潤一

ISBN978-4-575-67134-6 C0193
Printed in Japan